誰か故郷を想はざる

寺山修司

角川文庫
13732

目次

第一章　誰か故郷を想はざる

汽笛　　　　　　　七
嘔吐　　　　　　　八
羊水　　　　　　　一〇
誰でせう　　　　　一三
排泄　　　　　　　一五
庭　　　　　　　　一七
へっぺ　　　　　　一九
聖女　　　　　　　二三
神　　　　　　　　二五
空襲　　　　　　　二八
玉音放送　　　　　三二

第二章　東京エレジー

第一章　誰か故郷を想はざる

汽笛

私は一九三五年十二月十日に青森県の北海岸の小駅で生まれた。しかし戸籍上では翌三六年の一月十日に生まれたことになっている。この二十日間のアリバイについて聞き糺《ただ》すと、私の母は「おまえは走っている汽車のなかで生まれたから、出生地があいまいなのだ」と冗談めかして言うのだった。

実際、私の父は移動の多い地方警察の刑事であり、私が生まれたのは「転勤」のさなかなのであった。だが、私が汽車のなかで生まれたというのは本当ではなかった。北国の十二月と言えば猛烈にさむかったし、暖房のなかった時代の蒸気汽車に出産間近の母が乗ったりする訳がなかったからである。それでも、私は「走っている汽車の中で生まれた」と言う個人的な伝説にひどく執着するようになっていた。

自分がいかに一所不住の思想にとり憑《つ》かれているかについて語ったあとで、私はきまって、

「何しろ、おれの故郷は汽車の中だからな」

とつけ加えたものだった。

『日本週報』を購読していた父は、刑事のくせにアルコール中毒だった。家へ帰ってきてもほとんど無口で、私に声をかけてくれることなどまるでなかった。仕事にだけは異常に熱心で、思想犯として捕えた大学教授の顔に、平気でにごった唾をかけたりしたそうである。

私は、荒野しか見えない一軒家の壁に吊られた父の拳銃にさわるのが好きであった。それは、どんな書物よりもずっしりとした重量感があった。父はときどきそれを解体して掃除していたが、組立て終るとあたりかまわず狙いをさだめてみるのだった。その銃口は、ときに私の胸許に向けられることもあったし、ときには雪におおわれた荒野に向けられることもあった。今も私に忘れられないのはある夜、拳銃掃除を終った父の銃口が、まるで冗談のように神棚に向けられたまま動かなくなったことだった。びっくりした母が、真青になってその手から拳銃を奪いとって「あなた、何するの」とふるえ声で言った。神棚には天皇陛下の写真が飾られてあったのである。

嘔吐

オスワルト・シュペングラーの『西洋の没落』によると、歴史の世界はつめたい自然科学的存在ではなく、血のかよった生ける魂の告白の世界である。実際に起った歴史上の事実を正確に因果系列の図式のなかに整理したところで、何一つ「真実にふれる」ことなど出来はしないだろう。存在そのものよりも、むしろ「現象が意味し、暗示しているところのものを判読し、それを再現させるべく吹きこむ生命」こそが、歴史家の仕事だとする思想は私を魅了した。「去りゆく一切は比喩にすぎない」ならば、比喩を通して何を語ろうとするかをこそ問われねばならない。それはいわば詩人の仕事に似たところがある。

私は自叙伝のためのエスキースを書きながら、自分がいかに自然に近づくべきかということよりも、自分がいかに歴史に近づくべきかということに意を払いたいと思った。「科学的にとりあつかわれたものが自然であるのに反して、作詩されたものこそ歴史である」(『西洋の没落』世界史の形態学素描)

アルコール中毒の父は、酔っていないときにはほとんど痴呆のようでさえあった。話しかけられても、きちんと返事をすることは稀で、ただ微笑するだけであった。吃りのくせがあって、師範学校時代に読本の、

「五、心に太陽を持て」

という章を読もうとして、ゴコココニがうまく言えず、ゴコココココと鶏のようにコの音だけを繰返し、何べんやってもうまくいかずに、ふいに教師にとびかかってシャツの上からその教師の首をしめつけ「凶暴性あり」と内申されたこともあったという。父は腕力だけはとび抜けていたが、ひどく内気で対人赤面恐怖症であり、その鞄の中にはいつも『人に好かれる法』という書物をかくし持っていた。

父は、酔って気持が悪くなると鉄道の線路まで出かけて行って嘔吐した。私は、ときどき汽車の通りすぎていったあとの線路の枕木にまきちらされている父の吐瀉物を見た。

「どうして洗面器に吐かないの？」

と私は訊ねたこともあった。

むろん、父は何も答えなかったが、そのけもののような目は、汽車の通りすぎていったあとの線路の果ての遠くをじっと見つめていた。私は車輪の下にへばりついて、遠い他国の町まではこばれて行った「父の吐瀉物」を思い、何だか胸が熱くなってくるのだった。

そんな父と私とのあいだで、今でも覚えていることは、夜二人でした「汽笛あそび」のことである。遠い闇のなかで汽笛が聞こえる。

「上り、か？」と父が言う。

「下り、だ」と私が言う。

「じゃあ、おれは上りだ」と父が言う。
それから二人は寝巻のままで、戸をあけて闇のなかにとび出してゆき、鉄路の前の草のしげみで「音が、形態にかわる」のを息をつめて待っている、のである。夜風の中で、汽笛がはっきりと方位をしめし、やがて凄まじい勢いで私たちの前を通りすぎてゆく。それはいわば汽車というよりは重い時間の量のようなものであった。そして、愛によってではなく思わず目をつむってしまうような轟音と烈風の夜汽車によって、私と父とは「連結」されていたのだとも言えるのである。

血がもしもつめたい鉄道ならば
通りぬける汽車は
いつかは心臓を通るだろう

羊水

私は自分が生まれたときのことを記憶していると言い切る自信はない。だが、ときどき始めて通る道を歩いているのに「前にも一度通ったことがある」というような気がすることがある。日の影が塀にあたっている長い裏通り。すかんぽかゆすらうめの咲いている道を歩きながら、

「たしかに、ここは前にも一度通ったことがあるな」と思う。すると、それけ生前の出来事だったのではないか、という気がしてくるのである。自分がまだ生まれる前に通った道ならば、ここをどこまでも辿ってゆけば、自分の生まれた日にゆきあたるのではないか、という恐怖と、えも言われぬ恐怖と期待が湧いてくる。それは「かつて存在していた自分」といま存在している自分とが、出会いの場をもとめて漂泊《さす》らう心に似ているのである。

私の母には名前が三つあった。ハツとヒデと秀子である。私の母は、私生児だったのである。

当時、活動写真の興行をしていた坂本家の長男の亀太郎は、語学にも長じていて、亜米利加映画の字幕の翻訳などにも手を出していた。ルイ・ジュウベに似ていると自負するような痩身長軀の男で「女ぐせ」のよくない洒落男だったという風説もある。その亀太郎が女中に手を出している現場を父親に見つけられて、女中はすぐに坂本家を出されてしまった。ところが、坂本家を出されてから妊娠した女中は、一年後に生まれた赤児を、新聞紙にくるんで坂本家まで持ってきて、坂本家の塀の中の麦畑に捨てて行ったと言う。「おかいしします」という手紙を添えられて、真青な麦畑の中で一日泣きつづけていた赤児。これが私の母の、ハツだったのである。

父親に「おまえの子だな？」

と問いつめられた亀太郎は「あの女には他にも男がいたから誰の子かわかりゃしません

よ」と抗弁して、ついに自分の子であるということを認めなかったので、ハツは漁師の家に養子に出されてしまった。「ところが、そこの継父《とう》さんは週のうち五日は漁に出て留守になってしまうので、継母《かあ》さんは男を連れこんでばかりいた。ひどい時はあたしを揺籃の中に置き去りにしたまま、継母さんは二三日帰って来なかった。

畳の上にころがっているお人形さん。それが見えていながら、揺籃の中からは手がとどかない、いくら手をのばしてもとどかない。それがあたしの幼い頃の忘れられない思い出だね」と母は後年語ってくれた。

結局、漁師の家、裏町の旅館、子供のいない官吏と、養子先を転々としているうちにハツも成長して、女学生になった。しかし、友だちの一人もいない孤独な女学生で、クラスで一番人気のある女生徒にいきなりストーブの焼き火箸をあてて火傷させるという事件まで起すようになった。盗癖を責められることもあったが「他人のものが欲しかったのではなく、欲しいものが何でも手に入るような人がにくらしかった」のである。女学校を出たハツを秀子に変えたのは、彼女がそんな少女時代から脱け出すためだったとも言えるし、自分自身の出生に復讐するためだったとも言えるだろう。

だから、八郎と秀子——つまり私の父と母の小さな「家庭」は、ひどく貧しいばかりではなく「ほたるのような妖光をはなつ」暗い、コミュニケーションなどを必要としない家庭であった。そして「ほたるのような妖光」と言うのは、決して幸福などというあたたかいものではなく、もっと冷たく醒めきって、燃えたぎったものであった。
それは、べつの言葉で言えば「憎悪」だったのである。

誰でせう

私が自分のヘソの緒を見せてもらったのは小学校へ入ってからである。木の箱に入っている貝柱のような私と母との別離のしるし、肉の領収書などよりも、もっと私の興味をひいたのは、その木の箱を包んである新聞紙の記事であった。朝日新聞、一月二十七日附の新聞には、

帝都に青年将校の襲撃事件

という大見出しがあって、斎藤内府、渡辺教育総監、岡田首相ら即死す、と書かれてある。

しかし、実際に二・二六事件で岡田首相は殺されなかったから、この記事は誤報である。私はこの政治的殺人事件と、すぐその下に載っている広告とを結びつけて考えた。そこには「誰でせう?」と大きな見出しがあって「魅力ある考へ物

左の写真は魅力ある男装麗人、松竹少女歌劇団のスター水ノ江○○さんがサインしている処です」というリードと、男装の麗人の写真とが載っていた。

「二十六日午後八時十五分陸軍省発表　本日午前五時ごろ一部青年将校らは左記箇所を襲撃せり。

首相官邸（首相即死）斎藤内大臣私邸（内大臣即死）渡辺教育総監私邸（教育総監即死）牧野前内大臣宿舎（湯河原伊東屋旅館牧野伯爵不明）鈴木侍従長官邸（侍従長重傷）高橋大蔵大臣私邸（大蔵大臣負傷）

これら将校らの蹶起せる目的はその趣意書によれば内外重大危急の際元老、重臣、財閥、軍閥、官僚、政党などの国体破壊の元兇を芟除《さんじょ》し以て大義を正し、国体を擁護開顕せんとするにあり」

この記事における限り、二・二六事件の青年将校たちの暗殺行為は、覆面の思想によってつらぬかれている。彼らの「大義を正す」べく立上がる主体は、いわば下の広告にみられる「誰でせう？」の狙いに似たところがあった。子供の頃の私は、この二・二六事件の犯人こそは覆面の麗人水の江滝子に間違いないと思っていたが、二十歳になってもやっぱりそれは外れていないのではないか、と思うようになった。

私の生まれた年は「誰でせう？」の時代、つまり覆面の英雄の時代だったのである。そのせいかどうか、私は小学校に入る頃には、鞍馬天狗の大ファンになっていた。

排泄

体のなかに、一体何が入っているのかということを考えてみることは、恐ろしいことであった。私は、あるとき小学校の便所で便器のふちにこぼれた自分の大便の中に、一匹の死んだ蠅がまじっているのを発見したのである。「からだの中から、蠅が出てきた」という驚きは、しばらくのあいだ忘れることが出来なかった。それは、私の魂のなかの地獄、異物たちのかぎりない増殖が私をむしばんでいるということのあかしのように思われた。「おれは、蠅を飼っているぞ」と、線路に腰かけて言うと、同級生の石川は「どこに？」と訊いた。「体の中にだ。心臓の中にだよ」と、私は言った。

「心臓がくさってるんだ。おれの体の中にはいろんなムシが棲んでるんだ」

すると、石川は私の呪われた童話にすぐ同調してくれた。そして、じぶんの親父は右足のつけ根のところに、銃弾を「しまってある」という話をした。石川の親父は、退役した傷痍軍人なのであった。

「みんな、知らず知らずにじぶんの体の中に、異物が成長するのを許しているのだ。放っておくと、体の中がやつらの〈住所〉にされてしまう」。そこで、徹底的にじぶんの体の中に入っているやつらの正体を暴いてしまうためには、大便の精密な解剖分析が必要だと言うと、石川はもっともだ、と言った。

「あすの正午、貨物倉庫の裏のじゃがいも畑まで、おまえのうんこを持って来い。おれのも持ってゆくから――それをすっかりしらべて蠅だのじが蜂だのの他にも、異形のものがあったらぜんぶ取出してしまうのだ」。そう約束して家へ帰り、私は夜のうちに台所の割り箸を二組ぬすみ出した。それから、手拭いを暗い土間に敷いてそれを跨いで、異物のまじった大便を排泄しようとしていると、心配して起き出してきた母が、私が寝ぼけているのだと思って、むりやりに私を便所へ連れこんでしまった。

私は、便所の中で、「蠅の話」をしてじぶんの体の中味を知りたいのだ、と言った。すると母は「蠅は味噌汁にでも溺れていたのを、まちがって飲んだのだ」と言った。

異物は、いつでも外界から「入ってくる」ものだというのである。それは、不法な侵入なのであり、体の中で育って「出てゆく」のではない、と言った。後年になってから、異物は「入ってくる」のか「出てゆく」のかについての母と私の認識の差は、男と女の違いから来るものだということを――フロイトの「夢判断」によって知らされたが、その夜はとうとう、私の負けで大便を搾取することができぬまま寝ることになってしまった。

翌日、私は約束のじゃがいも畑へは行かなかった。しかし、石川が本当に来ているかどうかが心配だったので、屋根に上って貨物倉庫を遠望した。北国の鰯雲の叙事詩的なひろがりの下で、石川があおむけに寝ているのが見えた。そのかたわらの虫籠の中に、石川の異物――内なる世界からの贈り物が包まれているのだと思うと、私は何だかかなしくなった。

十歳の、夏のことであった。

庭

私の父は、召集されて満州の牡丹江へ行き、そこから音信はぷっつりと絶えた。私と母とは青森市の浦町の駅の裏の下宿屋の二階で暮していた。私は「誰か故郷を想はざる」という歌が好きで、よくそれを歌った。

花摘む野辺に日は落ちて
みんなで肩を組みながら
歌をうたった帰りみち

という歌だ。すりへったレコードが一枚だけあって、私はそれを持って二町も先の床屋まで、かけてもらいにゆくのである。床屋の二階にはビクターのポータブルがあって、霧島昇の声がまのびしてくると、蓄音器のハンドルをまわす。ハンドルがキュッキュッという音を立てて、またもとの速度へもどる。「幼なじみのあの友　この友　ああ　誰か故郷を想はざる」

床屋のにんじんというのが、戦死した親父の日記の始末をしていたら、日本刀を庭に埋めた、ということが書いてあったという。二年前の日記だが、その後掘りだしたということが書いていないから、まだ埋めてある筈だということになった。

にんじんは「その日本刀で、親父は人を斬ったことがある」と自慢するのだが、たとえ人を斬ったことがあろうとなかろうと、ともかくそれを掘り出してみようではないかということになった。

私と、七つ年上のにんじんと、にんじんの同僚の吉兼さんとは、二年前ににんじんたちの住んでいた野脇の郵便局の裏まで出かけて行って、一日中庭を掘りつづけた。

しかし、日本刀は出て来なかった。それでも汗まみれになって庭の土塊を掘り起こしていると――ふとにんじんが「これも運命だな」と言い、吉兼さんがそれにうなずいた。私には、どうしてそこに「運命」ということばが出て来るのかはわからなかったが、それでも出て来ない日本刀が、にんじんと死んだ親父さんとのあいだのつながり方を象徴的に言いあらわしているような気もした。

にんじんの親父が、召集された夜に、庭を掘って埋めた日本刀とそれに魂ということばを托したことは、一見ナショナリストらしい決意をあらわしているように見えるが、実はきわめて家族的結合を重んじる男だったような気がする。

当時、国家か家庭かということに悩んだ親父の世代にとっては、「家」の庭に日本刀を埋めてゆくことは、いわば錨を下ろして寄港する精神の安息だったのであろう。戦場へ行ったのは、実は親父のからだだけだったにすぎないのかも知れないのである。

むろん、こんな解釈は私が大学へ入ってからつけたものだが、それにしても私の幼年時代の記憶のなかで「にんじんの庭で消えてしまった日本刀」はきわめて忘れがたい事件としていつまでも心に残っていた。オスワルト・シュペングラーは、文化を、魂の客観世界における投影とみている。

すべての文明は魂の内在的な出会い方がえがく軌跡だ。あらゆる文化の成立ちは、運命であり、その死滅もまた運命である。一人の男の意志的な決意もまた、運命的な出来事にすぎぬと思いこんでしまうと、戦争というものもまたひどくはかないもののように思われてくるのだった。

だが日本刀が、出てこないとわかったあとでも、私はよくレコードをききににんじんを訪ねていった。「幼なじみのあの友　この友　ああ　誰か故郷を想はざる」

へっぺ

青森の方言では、性行為のことをへっぺと言う。へっぺということばを知ったのは小学校へ入ってからだが、そのことばを口にすると顔があかくなってきたのはもっと幼い頃だったように思われる。女性の性器は、だんべである。だんべ、ということばには美しいひびきがないのが、私には不満だった。小学校時代に、疎開してきたカマキリという男を二三人で奉安殿の裏に連れこんで、

「東京では、何というのだ?」と聞き糺すとカマキリは、知らないと言いはった。

「知らないなら、うちへ帰って母ちゃんに聞いてきな、その股のあいだにある毛のはえたところは、東京弁では何て言うのですか?　ってな」——。これを方言で言うと、「わがながったら、帰えってあっぱに聞いてみれ。そごの毛《け》こはえだめぐさいところば、東京弁でば、何ちうふうにしゃべるが、と」となる。

カマキリは真青になり、そんなことはとても「お母さん」には聞けないと言ったが、「お母さん」という上品なことばに刺激された私たちは、あすまで聞いてこないと足をへし折ってしまうと脅かした。カマキリは、ベソをかいて帰ってゆき、翌日は学校を欠席し

た。しかし、その翌日には幾分元気よく登校してきた。

「聞いてきたか？」と言うと、うんとうなずいて、「放課後にしてくれ」と言っている。放課後、私たちが運動場の片隅の足洗い場でカマキリを待っていると、カマキリはやってきた。

「何と言うんだ？」

と訊くと「ぼくは知らない」と言う。しかし「ぼくは知らないけれど、この中に書いてある」と言って封筒をとりだした。

「お母さんにぜんぶ話したら、お母さんが紙に書いてこの中へ入れて封をしてくれた。ぼくのいないところで開けて見るようにってお母さんが言ったんだ」。私がそれを受取るとすぐに石橋が私の手から取上げた。そして帰ろうとするカマキリに「一寸、待て」と言った。「何も書いてなかったら、おまえの足を教室の椅子のようにへし折ってやる」。

それから、石橋がゆっくりと封を切って中の便箋をとり出した。私もすぐにのぞきこんだ。白い便箋には、細い上品なペン字でおまんこ、と書いてあった。

「おまんこ？」と石橋がひくく口にした。

するとカマキリは、突然火がついたようにワッー！　と泣きだしたのだった。みんなかわるがわる口にした。

「おまんこ、おまんこ、おまんこ、おまんこ」

だんべということばには、農家の母親の生産的なイメージしかなかったが、おまんことということばには、優雅さが感じられた。それは小学生の私たちが口にするかぎりの、もっとも神秘的なことばであった。私たちは生まれてはじめて「禁じられたことば」というものにふれた。禁じられたことばと許されたことばとを区切る「時」の大扉をこじあけて、そこからさしこむ薄い光のなかに私たちは世界をかいま見ることができたのだった。

だが、それは「物」であるにとどまっていて「事」ではなかった。あくまでもおまんこは彼岸の存在であって、私自身の生活とはかかわりあうことのないものにすぎなかったのである。すべての異物は、私のまわりに凝縮していて、私とうちとけあうことはなかった。ただ、ことばだけが郵便配達夫のように、私と外的存在とのあいだを行ったり来たりしているように見えた。幼年時代の私にとっては、一本の木にさえも「出会う」ことのない存在だったのだ。

一本の木にも流れている血がある
そこでは
血は立ったまま眠っている

聖　女

戦争の終り頃になると、私の母は貧しさのために内職することになった。それはすずらんの行商であった。すずらんなどが売れるような時代ではなかったのだが、土曜日に汽車に乗って古間木まで行き、そこの墓地をぬけてのぼった山峡にあるすずらんの密生した谷で母は一休みした。

そこで、私に「父さんに万一のことがあったら、覚悟はできていますね」と確認してから、青森へすずらんを持ち帰り、夜通しで五六茎ずつ束ねて「花束」を作るのである。母は全然、父を愛してなどいなかったのだが、いつも窓べりに父の陰膳がそなえてあって、その不在の父——三人目の男を主人公にして家庭は保たれていたのである。

母は、私が学校の帰りに映画館へ立寄ったり、ズボンを破いたりして帰るたびに私をはげしく撲った。裁縫用のものさしがいつも母のかたわらにあって、それが「ムチ」だったのである。母の撲ち方があまりにはげしかったので、近所の子供たちは塀のすきまからそれを覗きみることをたのしみにするようになった。

わざわざ母のところへ告げ口に来て、「今日、修ちゃんは学校で喧嘩して先生に叱られたよ」と報告する。それから私が撲たれるのを見るため、裏の塀に集まって、「のぞきからくり版――家庭の冬」を息をつめて見守るのである。母の私を撲つ口実は「不良になったら、戦地の父さんに申し訳がない」というのだが、実際は撲ったのしみを欲望の代償にしていたのである。

それは不幸だった自分の子供時代への復讐をはらすために、「教育」という大義名分を見出していたとも言えるだろう。だが、それでも母は私を愛していなかったとは言えない。母はときどき猫かわいがりに私を愛撫したり『少年倶楽部』や『少国民の友』などを買ってくれて、私が嬉しそうにしているのを見てうなずいたりしていた。しかし、私があまりにも本に熱中しすぎて母と話をしたがらなくなると忽ち本を取上げて、それを竈の火の中に叩きこんでしまうのであった。

私の下宿から駅へ行く途中の、とうもろこし畑の中の、傾いた小屋にタメという頭のおかしい女が住んでいた。三十貫もあるようなデブで、いつも唇からよだれをたらしていた。身よりがないために一人ぐらしで、晴れた日には畑に腰巻をひろげてその上にあぐらをかいてノミを取っていたが、雨の日は小屋の中で泣いているということであった。

夜、ときどき小屋から呻き声や笑い声がきこえてくるのは、近くの線路工夫たちが一升瓶をさげてしのんで行くからだというのだが、私たちは日が暮れてからは、その小屋のまわりに近づくことを禁じられていたのだった。そのタメが「見せてくれる」ということを知ったのは、もう戦争も末期になってからである。石橋が「タメのところへ行って、弁天様を見せて下さいとおがむ真似をすると、着物の裾をひろげて、あそこを覗かせてくれる」というのである。

翌日、私はさっそく、タメの小屋へ出かけて行き、とうもろこし畑の繁みから中を覗きこんだ。タメは、ニシンを焼いていたがその匂いは魚を焼くというよりは、ゴミを焼いているという感じであった。電気がないタメの小屋は、昼もまっくらで、小屋の中からセミの啼声がきこえてきた。

タメはまるで「見世物雑誌」か「怪物笑伝」にでも出てくる畸型女のように肥っていたが、顔は童女のようにあどけなかった。七草の頃に旅立ったサーカスの落し子――そんなタメが、私を見つけてニッと笑ったとき、私はタメのなかにほんものの「母」を見出したような気がしてどきっとした。

それは、西条八十の詩のように「いつも見る夢さびしい夢」であり、いま一緒にくらしている母が実はほんとうの母ではなくて、この頭のおかしいタメがほんとうの母だ、という印象であった。

私はタメの手招きにさそわれて、ふらふらと夢遊病者のように小屋へ近づいて行ったが、「弁天様を見せてください」などとは、とても言い出すことが出来ず、ただ借りてきた猫のようにおとなしくタメのうしろに坐って、一匹のニシンのうらおもてを焼き終るまでを見守っていたのである。

あけぼのか？
とまれ！
ちょうどこちらの道連れだよ。

（マヤコフスキー）

神

私と母とが間借りしていたのは、神精一という名の退役軍人の家の二階であった。神という姓は、ジンと読むのだが、それでもカミと間違えて読む人の方が多かった。月に一度位来る葉書に神様方と書かれてあるのを見るたびに、私は「神様」方に間借りしているような気がして、何となく誇らしく思ったものである。

一九四四年になると、勤労学徒という制度がしかれ、文部省では「新規中等学校卒業者の勤労動員継続に関する措置要綱」を発表した。これは、中学校を卒業しても一年間は

「学徒たる身分を保って、勤労義務を継続させられる」というものであり、いよいよ「中学生の力」まで借りなければ保持できなくなってきた国力の衰えをはっきり物語っていた。

「本当に勝つんだろうか？」

という不安が、誰の心の内にも焦慮としてあらわれはじめた。もう、こうなったら頼みになるのは神だけなのだが、その神の助けは一向に兆しを見せないのである。「神様なんて、いないんだ」

と石橋は言った。「そんなものが、いる訳ないんだ」

だが、私は自信満々で「神様は、いる」という説を主張していた。「いるけど、まだ本気になっていないだけなんだ」

「どこにいる？」

と石橋が訊いた。私は、私の間借りしている家の家主の話をした。「ちゃんと、表札まで出しているよ」

「では、俺に神様を見せろ」

と石橋が言った。国民学校の三年生だった私や石橋にも、国の敗色が濃くなってきていることだけはわかっていたので、あとは何か超自然な力を、秘めてあるかないかだけが国の運命を決定づける鍵だと思われたのである。

上級生たちは、無敵艦隊がアメリカをおびきよせるために、さそいの後退作戦をとっているのだとか、北海道で「超能力爆弾」が発明されつつあるのだとかいった情報に熱中していたが、私たちは、そんな手続きさえももどかしく思っていたのだ。「よし」、と私は石橋を誘った。

「今日、神様を見せてやるから俺の家へ来いよ」その日の放課後、麦藁帽子をかむった二人は神家がよく見えるようにとわざわざ隣家の木戸からしのび込み、ふだん私の通る家主の縁側を、トウモロコシ畑越しに覗きこんだ。

神精一さんは、ちょうど行水をしようとして、庭にタライを持出し、それに水道からホースで水を導いてるところであった。

「あれが、神様か?」と石橋が言った。

「ずい分、腹の肉がたるんでるな」たしかに、神精一さんは小肥りしていて、腹の肉がたるんでいた。軍人時代にたくわえた口髭を剃らずにそのままにしていたので、どこかしらユーモラスで、それが「余裕」を残して自適の生活を送っているようにも見えた。二人が息をつめて見ていると、やがて神さんは水がタライ一杯になったところで、メリヤスのパンツを脱ぎすてた。私たちは、アッと息をのんだ。

石橋も私も、幼いうちに父親を戦地に送り出したので、意識して「大人のあそこ」を見たことがなかったのである。それは、暑さのせいでだらりと垂れていたが、まわりに密生している陰毛の黒い方は、私たちの目に平手打をくわせるほど強烈な印象だった。それは、もしかして私たちが「ほんものの神を見た」最初の決定的瞬間だったといえるかも知れない。

後年になってから、私は石川啄木の、

神有りと言ひ張る友を説きふせし
かの路傍《みちばた》の栗の樹の下

という歌を見出した。古本屋の店頭にさらされて、すっかり陽灼けしていた文庫本の啄木歌集のなかに、である。

そして「神有りと言ひ張る友」を、なぜ啄木が説き伏せようとしたのかと考えてみたが、どうしてもわからないのだった。神の否定は、比喩の否定である。それは、いわば魂の実現をはばもうとすることなのだが、啄木はそれによって、何を護るのか？　高校時代の私にとって、神は一つの意志の映像にすぎなかった。だが、その映像はどんな体軀をも平気でスクリーンに変えてしまうことによって、さまざまの意志の実現に「機会」を与えてくれていたのだ。

私はシュペングラーの書いた「内部の世界の物理学者」ということばが好きであった。魂のなかに電気力学の全形式語をもち、次々とあらわれてくる対象の「名付親」になってゆくこと――そして、神というのも「名付親」の選びだした一つの名にすぎないのだという考えが、私のなかに長く棲みつくようになった。

空襲

一九四五年の七月二十八日に青森市は空襲に遇い、三万人の死者を出した。私と母とは、焼夷弾の雨の降る中を逃げまわり、ほとんど奇跡的に火傷もせずに、生残った。

翌朝、焼跡へ行ってみると、あちこちに焼死体がころがっていて、母はそれを見て嘔吐した。私の家のすぐ向いには青森市長の蟹田実氏の家があり、そこには二人の姉妹がいて、私はそれを「赤いおねえさん」と「青いおねえさん」と呼んでいたのである。

赤いおねえさんは十九か二十位で、いつも赤い上着を着ていたような印象だった。その蟹田市長の家と、神家とのあいだには幅一メートル位の川があって、その川では一人の若い女が、あおむけに浮かびながら、焼死していた。火に囲まれて、あまりの熱気に耐えきれずに川へとびこんだが、息苦しくなって、顔だけ出したのであろう。顔は真黒に焦げて、ほとんど輪郭が残っているだけだが、首から下は水びたしでぶよぶよになってしまっているのだった。死体は風呂敷包みを大切そうに持っていたが、その結び目からはテニスのラケットの柄が、はみだしていた。それを見て私はすぐに「赤いおねえさんだ」と思った。

すると、私自身が幼い頃に見た、あのお寺の「地獄絵」の中にぽつんと一人だけ取りのこされているような気がしてきた。荒涼とした焼野原。まきちらされている焦土の死体たち。花火のように絢爛としていた前夜の空襲――「ものみな、思い出にかわる」ということばにならえば、私自身が生残ったということさえも、ただの思い出にすぎないのではないか。

生まれてはじめて地獄絵を見たのは、五歳の彼岸のときだった。私は秋の七草を、萩、なでしこ、おみなえし、葛、尾花、藤ばかま、桔梗と、全部言えたほうびに母にお寺へつれて行って貰って、地獄絵を見せてもらったのだ。

その古ぼけた地獄絵のなかの光景、解身や函量所、咩声といったものから、釜掘り地獄、母捨て地獄にいたる無数の地獄は、ながい間私の脳裡からはなれることはなかった。

私は、父が出征の夜、母ともつれあって、蒲団からはみださせた四本の足、赤いじゅばん、20ワットの裸電球のお月さまの下でありありと目撃した性のイメージと、お寺の地獄絵と、空襲の三つが、私の少年時代の「三大地獄」だったのではないか、と思っている。

だが、なかでもっとも無惨だった空襲が、一番印象がうすいのはなぜなのか今もってよくわからない。蓮得寺の、赤ちゃけた地獄絵の、解身地獄でばらばらに解剖されている(母そっくりの)中年女の断末魔の悲鳴をあげている図の方が、ほんものの空襲での目前の死以上に私を脅やかしつづけてきたのは、一体なぜなのだろうか？

間引《まび》かれしゆえに一生欠席する学校地獄のおとうとの椅子
町の遠さを帯の長さではかるなり呉服屋地獄より嫁ぎきて
夏蝶の屍《かばね》ひそかにかくし来し本屋地獄《ほんやじごく》の中《なか》の一冊《いっさつ》
新しき仏壇買ひにゆきしまま行方不明のおとうとと鳥《とり》

（田園に死す）

玉音放送

青森が空襲になってから、ひと月もたたぬうちに、戦争は終った。あっけない終り方で、勝ったのか負けたのか、私にもよくわからなかった。

玉音放送がラジオから流れでたときには、焼跡に立っていた。つかまえたばかりの唖蟬を、汗ばんだ手にぎゅっとにぎりしめていたが、苦しそうにあえぐ蟬の息づかいが、私の心臓にまでずきずきと、ひびいてきた。あとになってから、

「あのとき、蟬をにぎりしめていたのは、右手だったろうか？　それとも左手だったろうか？」と、考えてみたこともあったが、それはいかにも曖昧なのだ。八月十五日の玉音放

送を、どこで聞いたか？

という質問へ、さまざまの答えが集められた。先生は訊いた。

「玉音放送を、きみはどこにいて聞いたのか？」と。

それはまるで「きみは、どこで死んだのか？」と聞き糺しているような感じでさえあった。だが、本当は「きみは、どこで生まれたのか？」「きみは、どこで死んだのか？」と、時の回路に架橋をこころみるほど、あの瞬間が人生のクライシス・モメントだったとは思えないのだ。

「先生、ぼくは玉音放送がはじまったとき便所でしゃがんでいました」と答えた石橋にしても、玉音放送以前の空襲で焼死してしまったカマキリにしても、その答が決して、彼らなりの戦争論や平和論になるとは思えなかった。どこにいたとしても、そんなことは問題ではない。時間は人たちのあいだで、まったくべつべつのかたちで時を刻みはじめていて、もう決して同じ歴史の流れのなかに回収できないのだ、と子供心にも私は感じていたのだった。

かくれんぼをする
私が鬼になって
暗い階段の下で目かくしをする

するど目かくししている間に外界にだけ何年かが過ぎ去ってしまい
「もういいかい」という私のボーイソプラノにはね返ってくるのは
「もういいよ」
というしゃがれた大人の声なのだ

私は一生かくれんぼの鬼になって、彼等との時間の差をちぢめようと追いかけつづけるのだが、歴史はいつも残酷で、私はいつまでも国民学校三年生のままなのだ。


「修ちゃん」

と戸村義子が言った。

書道塾の娘で、目の大きな子である。

「戦争が終ったわね」

「うんこれから疎開するんだって」

「古間木へゆく」

「あんたともとうとう、出来なかったわね」

「何を？」

戸村義子は、だまって笑った。「浜田先生と鈴木先生とがやってるのを見た人がいるんですってよ」義子の言い方が、どことなく罪悪感にあふれていたので、私もすぐにセックスのことだとわかった。

「でも、大人のやってるのはきたないそうよ。やっぱり、やるなら子供のうちじゃないとだめね」

私は、どっちつかずの作り笑いをうかべていた。義子の方は好奇心の虜になっていて、まるで生まれてはじめて見た「動物園」の話でもするように、

「あんた、してみたくない？」

と訊いた。私は勿論してみたいと答えたが、それは性に対する興味よりも、むしろ犯罪に加担する好奇心に似ていたように思われる。「ねえ、そんならしなきゃ、損よ」

と義子は言った。二人とも、まだ十歳だった。

「じゃ、何時？」

「今」

「今、どこで？」

「便所」と義子が指示した。焼跡のバラックの仮校舎のなかで、便所だけは木造でがっちり出来ていた。

「その突当りから二番目の職員専用ってのがあるでしょ？　あそこで、あんた先に行って待っててね。あたし、すぐあとから行くから」。そこで、私は言われた通りに職員専用の便所に行き、中からドアをしめて、じっと待っていた。一寸心配になって、ズボンの前ボ

タンを外してたしかめて見ると、私の私自身は父の拳銃などには比すべくもないが、それでも十歳にしては、きわめて勇敢に息づきはじめた。私は便所の板に背をよせて、義子の来るのを待っていた。待っていたのは、ほんの十分か二十分だったのかも知れないが、そのあいだに便所の外には私とまるでべつの速さで時が過ぎてゆくような気がしたのだった。やがて、足音が近づいてきた。私は緊張のあまり足がふるえそうになるのをじっと耐え、息を大きく吸いこんで目を見ひらいた。

ふいにドアがあけられた。ズボンのバンドをゆるめ、丸腰になって入って来ようとしたのは、音楽の戸田先生だった。

おや、と戸田先生は声をあげた。

どうしたんだ？　こんなところで。

私はバツが悪そうに便所から出た。そして校庭に向って一目散に駈けだした空には鰯雲がひろがっていた。そこだけは「大いなる時」が立ちどまって、私の方に両手をひろげているような気がしたものだった。

戸村義子さん。あなたは約束通りあれから便所へ来たのですか？

それともぼくをからかったのですか？

たしかめる間もなく私は、翌日古間木へ疎開してしまい、そしてあれから二十二年たってしまったのである。

まるで春のそよ風が、老人の希望をよみがえらせるように、力強いなぐさめの息吹が、
おれの額をさわやかに吹きすぎるような気がする。いったい、こいつは何者なのだろう。
（ロートレアモン「マルドロールの歌」）

そして、私の戦後がはじまった……

数　字

数字は何で出来ているのか
岩屋上の鷹も考える。
それは月光にぬれた法則たちのパーテーなどではない。不動の定理の戸籍簿でもない。
ひそかなる鬼の暗号なのではないだろうか。

ぼくは小学校ではじめて方角について学んだ。
東西南北という分類は、ぼくに風の吹き来る地平線が四方あることを教えてくれたが、
四は死だ。「死方から風が吹いてくる」のであって遁れることなど出来ないのだ。

次にぼくの実際にふれた数字は、ぼくの「家」の番地であった。大工町四五九番地……四五九番地。ああ、地獄番地。四五九は、死後苦とも読めた。死のあとも苦しむ番地。どっちにしても、それは片影の迷路だった。ぼくは自分の持物に、大工町地獄番地寺山修司と書くことに戦慄を感じはじめた。まぼろしの祖父、中風の仏壇守りは冬でも蚊帳の中に眠っていたが六三歳で六三、無産。医者の体重が十五貫六四〇匁（一五六四　ヒトゴロシ匁）。

すべて真理を嘲笑している数字の、にくにくしさはいつのまにかぼくのなかに算術偏執狂の侏儒の少年を棲ませるようになっていった。ある日、ぼくは山上にひとつの火を見た。ウドンゲの花が、不吉の前兆でぼくの半ズボンの股間に繁殖し、ぼくが家出に通じる階《きざはし》を恭々しく見上げていた「時」は丁度八月八日五時六分四秒前（八八五六四前、すなわちハハコロシ前、母殺し前だったのだ）。

ぼくの酸っぱい目が燃えている、あの墓地での不思議な出来事！　雨の夜、ぼくは母のために三味線の糸を買いに出て墓地を通り抜けようとすると、五人の子供に逢ったのだ。彼らはおかっぱ頭、坊主頭をよせて、墓地の水たまりで何かを洗っていた。ぼくは彼らに近づき、それを覗きこみ、何を洗っているのか知ろうと思った。「何だね？」するとぼくと同年輩のしゃがれ声の子供たちは笑いながら「これを洗っていたんだ」と言って一つの義歯をさしあげた。それは老人の義歯で、それだけでも俚謡をうたいそうな位に口を半ばひらいていた。「五人で一つしかないんだ」と、一人が言った。五人で一つしか義歯がない。五人で一つしかない。五人で一つ。五で一。ここは墓地だ――とぼくは思い出した。墓地の真中でくり返される「五一、五一、五一、コイ、コイ、来い、来い……」と耳をきざんでゆく数字の悪霊。

その暗号に電撃的に気づいた瞬間、ぼくは思わず目まいするのを抑えることはできないのだった。

数学の答案で、「二と二でいくつ?」という初歩的な問題が出されたとき、「荷と荷」で「死」という思想に耐えられず、少なくともそれは「産」でなければならないと思ったぼくの社会への目ざめが、「二と二で三は間違いだ」として物笑いにされた。しかし、数字の中の予言を読みとらないものに、どうして世界を数えることなど出来得よう。真理とは、つねに数の翳にひそむ魂の叙事詩だ。役場の戸籍簿の中に、古い写真館の死人の肖像写真の中に、そして黄色い睡蝶花の花弁の数学に、ぼく自身の手の皺の幾何学に、息をつめて出番を待っている。

（地獄篇）

蟬

焼跡の青森をあとにして、私と母とは古間木へ疎開することになった。古間木の駅前に寺山食堂というのがあって、そこの経営者の寺山義人というのが私の父の兄だったのである。

駅前には映画のセットのように食堂や旅館が四五軒並んでいて、その裏はすぐに山になっていた。山をすこしのぼったところには、天神様があって、その天神様はやがて私の「昼寝ハウス」になった。私は、その天神様のほこらの中の暗闇で、手淫常習癖のある宗馬鹿という四十男を見たのである。

ペンペン草のしげみで、私が教科書（国のあゆみだの、小学国語だの）を虫干ししていると、目の前の草がガサガサと揺れたのだ。

私はびっくりして立上ろうとしたが、それより前に軍服を着た男が、かがんでいる私のすぐ前にぬっとあらわれ、そのズボンの前ボタンを外しはじめた。宗馬鹿はやがて、その中のふんどしをずらすと、左手で（まるで、嫌がる捕虜を日の光の下にひきずり出すようにして）しなびた陰茎をつかみ出した。

雁先は、薄い表皮の下にもぐりこんでしまっていたが、宗馬鹿が左手で根もとを持ちそえたままで右手でゆっくりと皮をめくってゆくと、やがてむくむくと鎌首をもたげはじめた。私は目を瞠り息をつめて、その逞ましい雁先を見つめた。

　宗馬鹿は準備がととのうと、手にペッと唾をつけて、はじめはゆっくりと左手でそれを包みこんで上下していたが、右手に持ちかえると、いきなり「ブルブルルル」と飛行機のプロペラの口真似をしはじめた。そして、まるでリリエンタールの手動式エンジンの人力飛行機のように、すごい勢いで熱くなった陰茎をしごきはじめたのである。それは、あまりにも力強く激しいものだったので、私は宗馬鹿がほんとに、その手淫の力で少しずつ地上から浮游して、飛行してゆくのではないかと思ったほどだった。夏の光の下で、目をつむった宗馬鹿は、忘我の手を使いつづけ、その意識はたぶん、高度三十メートル位の古間木の空に浮いているのだろう。そう思うと、私は思わず「もう一人の宗馬鹿」が浮いているのではないかと思って、空を見あげない訳にはいかなかった。

　天神様の上の空は、雲一つないほどの青空であった。

　宗馬鹿が住んでいたのは、天神様のある山を一度のぼりきって半分ほど降りたところにある林の中のカマボコ兵舎である。終戦になって兵隊たちがみな故郷に帰ってしまい、

帰る故郷のあるやつァよかろ

俺にゃ故郷も親もない

と、塩辛声でうたっていたワシ伍長と宗馬鹿とが、二人だけこの大兵舎に残ったのだ。かつて朝露とともに活気がみなぎり起床ラッパとともに蠢動しはじめた兵舎の「時」も、いまは流れ去ってしまった。ガランとした大兵舎は、まるでゴースト・タウンを思わせ、たまに老いぼれた犬が盗んだ骨をかくしにやってくる位が「朝の出来事」といえば出来事なのであった。宗馬鹿は何か月もゲートルをまきっ放し、ワシ伍長も「伍長」の肩章のついた軍服をいつまでも着ていて、二人とも昼近くまで寝ているのであった。もう一人の居残り上等兵の四郎さんは、長い兵役をともにすごしてきたゲートルで首を吊り、それからというもの、この兵舎には遊びにゆく村人の数もめっきりへっていた。

ある日、私は一人で山をこえて、宗馬鹿とワシ伍長のいる、カマボコ兵舎まで行って、そこで醬油のこげるいい匂いをかいだ。

ワシ伍長――おう、よく来たな。坊主。

私――あけび採りの帰りだったんです。

ワシ伍長――いいものを食ってるんだ。どうだ一つ、仲間入りせんか?

私――何ですか、これは。

ワシ伍長――セミだよ。

私——セミ？
ワシ伍長——そう。メスの方が食えるんだ。焼きたてに醤油をぶっかけるとジュジューッと音がして、とてもいい匂いがする。栄養満点だぞ。

セミの味は癖のない薄焼き煎餅のような香ばしいものであった。ただ、翅が噛みくだかれるときのカサカサという音は、まるで戦後のみじかく果しなかった旅路を札でかぞえるような味気ない気がした。セミ料理をすすめながらワシ伍長はぼそりといった。
「もう死ぬまでここにいるしかないだろなあ。部屋代を払えるあてが、他にはないんだから……」

部屋代が
天国に送れるのだったら、いいのにな。

（ラングストン・ヒューズ「小さな抒情」）

草野球

一九四六年、わが国のプロ野球のホームラン王は東急セネタースの大下弘であった。

セネタース自体が、この年発足したばかりの新球団だったので、新しいものに「期待」していたファンの喜びは大きかった。大下は打率は〇・二八二で二十位にも入らなかった。しかし敗戦で何もかも灰燼に帰してしまったファンは、人生だけではなく野球に於ても「一挙挽回」をのぞんでおり、打撃王のタイガースの金田正泰などの数十倍の拍手を新人のホームラン王の大下に送ったのである。この年の夏のはじめ、ジャイアンツの川上が復員してきた。

六月二十八日が、川上の戦後初出場である。そしてそれから大下と川上の双頭の鷲をかかげた野球民主主義がはじまるということになったのである。

北国の小さな農村の、小学生だった私にとって、プロ野球の存在というのは、蜃気楼のようなものにすぎなかった。

いつも外野フライをヘソで捕るという阪急のヘソ伝こと山田外野手。小学唱歌「思い出」の原曲ロングロング・アゴーをうたうたびその顔を思い出す長い顎の白木儀一郎投手。あげた足で顔より高い空を蹴ってから投げ下ろすという大モーションの近畿の別所投手。地上一メートルの高さでまっすぐに弾丸のようにとぶという川上一塁手の弾丸ライナー。猛牛千葉二塁手。

そうしたいくつかの伝説は、いわば雑誌やラジオで知るだけで、私たちには見る機会などまるでないのだった。それでも私たちは、遠いみやこで行なわれているプロ野球というものにあこがれ、そこで活躍している英雄たちにファン・レターを書いたりした。そのうちに、私たち自身も野球をやってみようということになって、三角ベースの草野球をはじめることになった。最初に私に、野球哲学を話してくれたのは、たしかナベさんだったのではないかと思われる。

ナベさんは材木置場の材木に腰かけて、空にうかぶ鰯雲を見上げながら、私にこんなふうに話してくれた。

「二人のさびしい男がいた。

これが、ピッチャーとキャッチャーだ。二人は聾唖でものが言えなかったので仕方なしにボールで相手の気持をたしかめあったのだ。二人の気持がしっくりいったときには、ボールは真直ぐにとどいた。しかし、二人の気持がちぐはぐなときにはボールはわきに逸れた。そして二人はいつでも、このボールの会話をかわすことをたのしみにしていたのだ。

ところが、この二人組に嫉妬する男があらわれた。彼は、何とかして二人の関係をこわしてやりたいと思った。

そこでバットという名の棍棒を持って二人のそばに寄って来て、いきなりボールを二人の外へはじきとばしてしまったのだ。バッターの役割というのは、まあ、そんなところだね」

（『時代の射手』）

アイラブ・ヤンキー

アメリカ兵が進駐すると、古間木の人たちは騒然となって色を失った。山の上の三沢村が基地になるというのである。駅前の寺山食堂でも当然ながら、対策を考えるための「家族会議」を開き、義人が「アメリカ人は、手が早いと言うから女たちは当分の間、姿をかくさなければいけない」と言い渡した。「また、どっか他の町へ逃げるのですか？」と私の母が訊いた。「そういう事になる」と義人が言った。「おまえに万一のことがあったら、セレベス島にいる弟に申し訳が立たないからね」

実際、アメリカ兵に関する「情報」は畏怖すべきものばかりだった。進駐してくる山猫部隊というのは、最前線で闘ってきた猛者ばかりで、テキサスあたりの荒くれ者か、刑務所で服役中、志願してきた囚人あがりだから、女と見れば小学生だろうと、五十すぎの老婆だろうと構わず「強姦」してしまうというのである。「男装できるものは男装すること、疎開できる者は、山中か他の町へ移ること、止むを得ず残る者も、決して化粧はせぬこと。スカートをはかず、モンペまたはズボンを着用すること」という回覧板がまわってきた。

駅の構内にある公衆便所には、壁いっぱいの巨大なペニスと「アメ公がやってくる」という文句が落書された。アメリカ兵の進駐は、この小さな町にとっては政治の侵入というよりはむしろ性の侵入だったのだ。

いよいよ山猫部隊の進駐の日が近づくと、私はその日を心待ちにするようになった。古間木での生活が単調すぎてつまらなかったので、アメリカ兵によって現実に新しい局面がひらかれることを期待したのだった。人たちの不安をよそに、私は屋根の上に寝ころんで、遠すぎる北国の陽光をあび、やがて来るアメリカ人たちのことを想った。それは、いわば戦後最初のロマネスクの到来でもあったのである。

電球を消した屋根裏の暗闇で亮子は、「アメリカ人のあそこって、やっぱり金髪がはえているのかしら」と好奇心まじりに言って、「莫迦め」と義人に殴りとばされた。静けさは怖れの鷹の翳を思わせた。隣の末広旅館に長く滞在している東京の真石さんは、不慮の事態にそなえるのだと言って「貞操帯」というものの試作をはじめたがそれは、女性用の越中ふんどしのようなもので、誰一人として試用してみようというものは出なかった。

日も明日にせまると、村の長老である小比留巻じいさんと青年団の大久保とが天神様のある山をのぼって行った。カマボコ兵舎のワシ伍長に逢うためである。私は、学校の宿題の昆虫採集のオニヤンマを採るついでを理由にして、二人のあとから蹤いて行った。明るい山道をのぼって行ってトーチカ壕のようなカマボコ兵舎に入ると中は真暗だった。山吹の花が咲いてるあたりに、大の字になってワシ伍長が寝ていて、そのむき出しの腹には蠅が数匹群れとまっていた。

大久保がそのワシ伍長を揺り起した。「いよいよ、あしたです」

と小比留巻じいさんが言った。「あした山猫部隊がこの町に到着するのです」

「そうか」とワシ伍長は言った。「いよいよあしたか」

「そこで、われわれの頼みをきいて貰いたい」と大久保が言った。

「町内の有志の全部のおねがいです」

ワシ伍長はきょとんとした顔になり、何か人ちがいでもされているのではないか、という風に用心深く訊き返した。「自分が何かするのですか？」

「帝国陸軍の残党の一人として」と小比留巻じいさんが言った。「帝国陸軍の残党の一人として鬼畜米英から、古間木中の女たちを守ってもらいたいのです」

ワシ伍長は目を丸くした。だが大久保も小比留巻じいさんも「守ってもらいたい」というよりはむしろ「責任をとって貰いたい」というニュアンスでワシ伍長を睨みつけた。それは「帝国陸軍に自分たちの運命をあずけて、裏切られたことへの恨みつらみ」でもあったのである。

その夜、百合の花畑が花もろともに掘り起され、錆びた機関銃と弾倉帯とが出てきた。大久保の照らす懐中電燈のあかりのなかでワシ伍長は、実に情けなさそうな顔で鼻唄をうたった。

いやじゃありませんか　兵隊は
カネの茶碗にカネの箸
仏さまじゃあるまいし
一膳めしとは情なや

それから「おれは、アメ公の五人や十人は屁とも思わんぞ」と言って機関銃を何べんも夜のカマボコ兵舎の闇に向って狙いさだめていたが、ふいにワッハッハと哄笑した。ワッハッハ。ワッハッハ。ワッハッハ。それが何の哄笑だったのか十歳の私には測り知ることは出来なかった。だがあくる朝、日が昇る前に、ワシ伍長はどこかへ逃げて行ってしまった。そしてそれっきり、誰もワシ伍長に逢ったものはいない。

いかにも新しい時というものは
何はともあれ、厳しいものだ

（アルチュール・ランボー「別れ」）

西部劇

山猫部隊の進駐してきた日というと、私はいつでも西部劇を思い出す。それも決闘のある日の、小さな西部の町である。床屋のあめん棒は止まり、すべての食堂は閉鎖され、駅前通りには人っ子一人いない。かわいた路上を時折、紙屑がころがってゆくだけで、ゴースト・タウンのように話し声は死んでしまっていた。

だが、一人も見えないからといって誰もいないのではない。古間木の人たちはみな戸を閉めきってその間から、駅を見張っていたのだ。そして汽車の到着は正午――ハイヌーンということになっていた。

私の母は、炭俵に手をつっこんで真黒になった手で顔をなすり、髪をザンバラにして二階の窓の「寺山食堂」の看板の裏から、駅を見下ろしていた。そして、私はその母の手に引寄せられ、抱かれた恰好でじっと新しい「時」を待っていたのだ。

やがて汽車が着いた。

そして聞き馴れぬことばが聞こえはじめ、大きなアメリカ兵たちが駅へ降り立ってきた。ガムを嚙み、冗談を言いながら出てきた山猫部隊の「アメリカの英雄」たちは、はじめ町に人っ子一人いないのにびっくりしたようだった。

軍用のナップサックを肩から下ろし、大きくのびをし、欠伸する石油タンクのような兵隊、ひどく用心ぶかくガムを嚙みつづける金ぶち眼鏡のクリスチャン兵隊、タカのような目の鋭い引退ボクサーの黒人兵、サンタクロースのように好人物然とした眼鏡の二世兵。様々の兵隊たちは、駅前広場に屯ろし、自分の荷物に腰かけると、町に向って口々に叫びはじめた。

ヘイ・マイフレンド！

ホッツマーロ？

カム・ヒア・マイ・フレンド！

だが、古間木の人たちは閉じた戸のすき間から「もう一つの世界」をこわごわ覗くだけで、誰一人として出てゆくものはないのだった。やがて、そのアメリカ人たちのあいだから一人の日本人があらわれて、大きな布をとり出して、それを旗のように駅の出口に貼り出した。それには「米日親善」と書いてあり、「アメリカ人はいい人ばかりです、早く友だちになりましょう」と書いてあった。だが、誰一人として、そんな言葉を信じようとする者はいなかった。

ふいに兵隊の一人が、ポケットから一つかみのチョコレートを出し、それを表通りに向ってインディアンスのボブ・フェラー投手のような大きいモーションとともに投げて叫んだ。「プレゼント・フォー・ユー！」息をつめてそれを覗いていた従兄弟の幸四郎が「あ、チョコレートだ」と言って身をのり出そうとするのを、義人がおさえつけて低い声で言った。「謀略だ。爆弾かも知れん」

だがその投げ与えられたチョコレートカーブによって、古間木共同防衛戦線はもろくも崩れてしまった。駅前食堂のウサギが、母親のとめる手をふり切ってとび出して行ったのだ。みんなは一斉に息をつめた。ウサギが、やられると思って目をつむった者もいた。路上で爆破されてもんどりうって転げ死ぬかわいそうな小学生のウサギ！　それは見なれた戦争映画の一ショットだった。

だが、意外なことにウサギは何ともなかった。まき散らされたチョコレートをぜんぶポケットにしまい、その一枚を紙ごとかじると、それを投げ捨てた樫の木のような黒人兵がひくい声で、

「ヘイ・マイフレンド」と言った。

ウサギは、逃げもせず近寄りもせずにチョコレートを噛みながら、それを見ていた。「樫の木」はまたポケットからキャンディを取出した。ウサギは、それを貰うために「樫の木」に近寄るべきかどうか一瞬ためらった。

「ヘイ・マイフレンド！」と「樫の木」が言った。ウサギはこわくなって少しずつ後へ退ろうとしはじめた。

すると「樫の木」は、そのキャンディをまたウサギに向ってかるく投げ出してニッと笑ったので、ウサギはそれを拾って、お礼のつもりで、こんどは自分の方から「樫の木」に寄って行くことにした。「樫の木」は満面に笑をうかべて、そのウサギに手をさし出した。そして二人は握手した。すると「樫の木」は、その握りあっている手を高くあげて駅前通りの、「閉じている人たち」へ向って「マイフレンド！　マイフレンド！　マイフレンド！」と叫んだ。その言葉でせきを切ったように、他のアメリカ兵たちも一斉にガムやキャンディやチョコレートを取出して、節分の豆まきか有名スターがステージから客席へサインボールを投げるように投げはじめた。

　死んでいた古間木の町はたちまち甦えり、閉じていた商店街の戸があいて、われさきにとマイフレンドたちがチョコレートやキャンディを拾いに駈け出して行った。はじめは好意の表現だったアメリカ兵たちも、それを拾いに来、奪いあってチョコレートやガムを拾っている「飢えた日本人」たちを見ているうちに、べつの快感が湧いてくるものらしかった。ガムもキャンディもなくなると、煙草を投げたり、歯ぶらし（使い古しの）を投げたり、ボールペンを投げたりした。

「さ、早く行っておいで」

　と私の母が、私の背中を軽くこづいた。

「何をぼんやりしてるの？　孝ちゃんはもう行ってしまったよ」

だが、私にはとても拾いにゆく気にはなれなかった。私は少しこわかったし、それにひどく恥かしい気がした。私は、首を振った。すると母は、義人に見えないように私の脇腹をギューッとつねって、声だけはやさしく「いい子だから、母ちゃんにも煙草を一本拾ってきておくれ」と言った。私はしぶしぶ立ち上り、食堂の階段をおりていった。私は何にもほしくなかった。私の欲望は、丸腰なのだ。私は丸腰のまま、ゆっくりとスローモーション映画のように寺山食堂の硝子戸をあけて、出て行く西部のヒーローだった。拾いにゆくことも恥かしかったが、そんなことを私に命じた母の心が、もっと恥かしかった。たぶん、私の幼い魂はめくるめく陽光の下で死ぬだろう。あの西部の政治屋ドク・ホリディのように。

「政治屋の死は、瞑想の機会である」

（アラン『幸福論』）

月光

ほどかれて老女の髪にむすばれし葬儀の花の花ことばかな
かくれんぼの鬼のままにて年老いて誰をさがしにゆく村祭

燭の火に葉書かく手を見られつつさみしからずや父の「近代」

山鳩をききにゆかないか？

と言うと、踏切番の娘のケイは素直にうん、と言った。ケイは九歳私は十歳。二人は月の光のさしこむ栗の林の細い道をのぼって行った。

風はなかったが、少しさむかった。十月の山にはさまざまの果実の匂いがみちあふれていて、空気がひどく美味いような気がした。

山鳩は、どこにいるんだろう。と私がきいた。

もう眠ってるのよ。とケイ。

どこで？　と私。

たぶん、木の上だと思うわ。とケイが言った。

私は梢を見上げた。ゆっくりとして雲の流れが月の顔を横切ってゆくところだった。山があんまり静かなので私は少し心細くなった。

こんなに夜おそく、外へ出ても叱られないの？　と私がきいた。

家族が多いから、一人位いなくっても誰も気がつかないのよ。とケイが言って笑ったので、私も一緒になって笑った。山葡萄の密生している、天神山を半分おりたところだった。

私はふとケイに言った。

ケイは、男の鳩を見たことある？ ない。

とケイは言った。見たいと思う？

あんまり思わない。

とケイがまた笑った。私は言った。

おれはとっても女の人の裸を見たい。

小向先生のや、更科そばのモヨのや、それからケイのも見たい。

するとケイが「あたしのこと好き？」と訊いた。「勿論」と私は答えた。

「ほんと」

「ああ、誓ってもいいよ」

「そんなら、見せてあげる」

とケイが真剣な顔をして言った。

それから二人は、月の光の下で着てるものを全部脱ぎ捨てて、おたがいに体を見せあった。木の枝のように細くて白いケイの体、まだ男の子のように平らな胸。だが、あそこだけは少し濃い生毛のようなものがかすかに生えているのだった。ケイは見られているあいだ目をとじていたが、胸だけは大きく波打っていた。それでも私の体を見て、しかもありありと変化している私の男らしさを見て笑い出すのだった。

私たちは、しばらく生まれたままのすがたでそうやって立っていた。時のたつのも忘れて、じっと見つめあっていると、朝がやって来ないうちに二人とも一気に年を取って大人に成長してしまうのではないかという不安に、泣きだしそうになるのを怯えながら。


だが、このエピソードは嘘である。

私の古間木時代には、こんな抒情的な思い出などありはしなかった。踏切り番にもケイという名の娘などいなかった。

ただアメリカ進駐時のことを思い出すと、あのむき出しの欲望の飢餓状況の中に、せめてこんな嘘の一章位さしはさまないと、先に語りすすんでゆくのがうとましく思われるのだ。

死

アンドレ・マルローの「選ぶすべを知る男の祖国は、それは茫漠とした雲の赴くところだ」という言葉は、何と魅惑的なことばだろう。

父が死んだという報せが入ったのは、その年の暮であった。母は私に心中を強いて、洋裁用の鋏を、私の喉に突き立てようとした。その母を突きとばして外にとび出してゆくと、外は雪が降っていた。

東　京

その頃から、私は「東京」ということばを聞くと胸が躍るようになった。それは医学的にいえば「心臓の鼓動が少しずつ加速し、喉がかわき、手のひらが汗ばむ」のであった。私は人知れず、「東京」という字を落書するようになった。仏壇のうらや、学校の机の蓋、そして馬小屋にまで「東京」と書くことが私のまじないになったのだ。

東京東京東京東京東京東京東京東京
東京東京東京東京東京東京東京東京
東京東京東京東京東京東京東京東京
東京東京東京東京東京東京東京東京
東京東京東京東京東京東京東京東京

書けば書くほど恋しくなる

だが、私にとって「東京」とは一体何だったのであろうか？

私はよくアルバイトでたのまれていった鶏小屋掃除の鶏小屋の中で、ぼんやりと膝をついて、鈍色の北国の空を見上げながら思ったものだ。「いままで故郷だと思ってきたのは、ほんとうは嘘で、私の故郷は他にあるのではないだろうか？　もしかしたら、私はほんとうは東京で生まれたのではなかろうか？」あるいは、青森は私の故郷であったには違いないにしても、それは父の死と共に失われ、いまとなっては魂の故郷をさがし出さない限り、私は「青森県の家なき子」のままで大人になって行ってしまうのではなかろうか？

私にとって故郷とは、すでにまぬがれられないものとして、在った。それは私の生のうちに根拠をもっていて、たった一篇の私の詩とさえ、不離の内的関係を目撃されていた。しかし、私にとって故郷が一つの必然性ではなかったと思われることである。ことばを換えて言えば、私と故郷の関係は必然性に支えられているとしても、私の生そのものはつねにそこから免れることをもくろみつづけていたし、九鬼周造の書物のなかの一句のように「偶然性の問題はつねに無に関しており、すなわち無の地平において十全に把握されているもので」あるなら、人生なんてどうせ偶然性に大部分をゆだねた「流れの旅路」だとも言えるのである。

夜汽車の汽笛をきくたびに、私は風呂敷包みをまとめなければならぬような焦慮にとらわれた。私は「東京」ということばを自分から口にするときはいつも自信にみちており、他人が口にするときは、なぜか恥かしい思いをした。

十二歳の頃

私は「東京」に恋していたのだとも言える。

「この世界の中に、何等か統計学と必然性以外のものを発見しようという希望を棄てることを欲しない人たちもいるのである」

（シェストフ『悲劇の哲学』）

あの日の船はもう来ない

「あの日の船はもう来ない」

と私が言った。

「なぜだ！」

と康平が尋ねた。

二人は小学校の柾《まさ》屋根に腰かけていたが、その屋根にはペンペン草が生えていた。「あの日の船はもう来ない」というのは、美空ひばりの唄である。

あの日の船はもう来ない
帰るあてないひとなんか
待って波止場に来たんじゃないさ

「あの日の船は来る筈がない。そんなものは、ある訳がないんだ」

「へえ、どうして無いものが歌になんかなるんだね？」

「それは美空ひばりにでも聞いてくれ」

と私が言った。

「あの日がもう来ないとわかりきっているのに、あの日の船だけが来る訳がない。美空ひばりは、まちがっている」

「しかし、ひばりだってわかっているから、帰るあてなんか、待って波止場に来たんじゃないさ、って歌ってるじゃないか」

とひばりファンの康平もゆずらない。

「しかしな、康ちゃん」

と私が言った。「あの日は帰らなくっても、あのひとは帰ってくる。一日の寿命は二十四時間しかないが、一人の寿命はざっと五六十年はあるからな」

あの日。（あの日）
あの日の船。（あの船）
あの日の船のひと。（あのひと）
「船も人も帰ってくるときはもう変ってしまっているということだな」
と康平が言った。
「そうだ」
と私が答えた。「変ってしまっても、帰ってくればいいじゃないか。どうせ、変らないにんげんなんてありゃしないのだから」

私は、このとりとめない話のくりかえしのなかで、ふと「帰ってきた父」のことを思い出していた。それは白い風呂敷包の中の、小さな柩のなかに入っていたが、あけてみると一本の指の原形をとどめた灰なのであった。

私はよく、戦地で遺骨をつくるときに一人の戦死者を焼却し、その一人の焼骸から何百人もの「遺骨」を作るという挿話を思い出した。

「あの日の父はもう来ない」のだ、と思っても、なぜか私は悲しくなれなかった。

ただ、北窓に向いた壁に吊られた黒い制服と、皮製ケースに入っていた拳銃の思い出だけが、鴟の黒い影のように私の脳裡をかすめ過ぎていった。

父の遺骨のとどいた夜、母は自殺をはかった。洋裁ばさみで手首を切断しようとしたのである。血が畳いちめんにとび散り、寺山食堂の客たちが靴のままで階段を馳《か》けあがってきた。母は一時的に狂っていて、私との無理心中をはかっていたらしく、血のついた鋏をかざして、「修ちゃんは？　どこにいる」と私を探した。私は、人ごみの一番後から、そんな母をひどく客観的に見つめていたのである。やがて医者が来て母は抑えつけられ、注射をうたれておとなしくなった。この騒ぎで、父の「遺骨」は誰かに踏みつぶされ、文字通りの灰になってしまった。

その夜、私は母が洗面器に嘔吐した吐瀉物を捨てに川まで行った。暗い川には、切れた電球がうかんでいた。川のながれは決して早くはなかった。「あの日の船はもう来ない」「あの日の船はもう来ない」

桂　馬

母親を殺そうと思いたってから
李は牛の夢を見ることが多くなった
蒼ざめた一頭の牛が

眠っている胸の上に鈍いはやさでとんでいるのを感じた
とんでいると言うよりは浮んでいるといった方がいいかも知れないが
ともかくその重さで
汗びっしょりになって李は目ざめる
すると闇のなかで
安堵しきった母親のヨシが寝息をたてているのが見える
李はその母親をじっとみつめる
こんどはたしかに夢ではなく現実なのに
母親のヨシの顔が
どこかやっぱり蒼ざめた牛に似ているような気がするのである
そう思っているとふいに闇のむこうで
連絡船の汽笛が鳴る
こんなみすぼらしい
こんなさみしい幸福について
もしおれがそっとこの部屋を脱けだしてしまったら
誰が質問にこたえてくれるだろう
一体誰が？

ああ　暗いな
と李は思う
その李の頭上にギターがさかさまに吊られている（李庚順）

これは北国の新聞の片隅に載っていた北朝鮮の少年の母親殺しの記事を、七二〇行の叙事詩にした「李庚順」の中の一節である。

私は、七二〇行でトイレットペーパーに清書された雅歌を書きたいと思っていた。ホセア書（二章一四節）の

「われかれを誘いて荒野にみちびいたり……」という句を、便所の壁になぐり書くような気分であった。私はこの長詩を一年間書きつづけたあとで友人たちを集めて朗読する会を持った。津軽三味線の太竿の民謡を伴奏にして、「母親の殺し方」をていねいに描写してゆくくだりで私は声が出なくなって中断してしまった。思えば、李庚順について書くことは、私の思想を想像力に先取りさせてゆくことである。それはあたかも、想像力が現実の水先案内人になることであり、実人生が詩を追いかけてゆくことである。だが、あらゆる想像力はイヌではあり得ない。現実の飢餓の報復を想像力にはたしてもらおうという考え方は、想像力と現実との不幸な雑居生活化であり、実人生の恨みつらみを他ではらしてしまうことである。両者のあいだにシキイがないというのは、何とみじめな「詩の出発」で

あったことだろう。

草将棋をさしながら、私はふと桂馬の駒のすすみ方について考えた。これはとても戦後的だ、と思いはじめたのである。二歩前進してから右か左へ一歩折れる。その行先が右であるか左であるかは、ゲームの状況によってかわる。「右か、左か」という、きわめて本質的な問題が、将棋においてはイデオロギーの問題などではなくて、ただの相手駒へのリアクションにすぎないというところに、いわばマキャヴェリズムの面白さが感じられるのである。桂馬は決して、三歩は前進できない。

香車は殉情である。金銀は、着実だが想像力を持たないという点で、保守主義の現実派を思わせる。飛車は「近代」を画し、角行は歴史を構想する。歩兵はどれも、「偉大な小人物」ばかりである。

「将棋の駒のうちで、どれが一番好きだ？」

と古間木の香具師の氏家にきかれたとき私は即座に

「王将だ」

とこたえた。

「一番きらいなのは？」

「桂馬だ」

「動きが複雑でおぼえきれないんだろう」と、氏家は笑った。しかし、それはちがう。私がなぜ桂馬がきらいだったのかは、今ならば、はっきり説明することができる。それは、桂馬は想像力を持たない、ということである。桂馬は、つねに何かを準備する。しかし、二歩前進したあとで右か左の「選択」を毎度えらんでゆく逞ましさには、殉情もなければ理想主義もない。めざす敵の主都圏に入ると忽ち、金になって保守主義者になってしまい活動を半減させるくせに、それまでは徹底した日和見主義を捨てることは出来ないのだ。

一篇の詩が、現実目的のための下準備であり得ないように、一駒の桂馬もまた幻想の国家の闘いを暗示したりすることはあり得ない。それなのに、桂馬の動きはあまりにも戦後史に似すぎていた。戦後史における政治の軌跡に似すぎていた。似すぎていた……。

自　慰

十二月二十日、という日を私は忘れない。その日は私にとって、いわば「恥かしい日」である。

長い間、私は十二月二十日に起った他のさまざまな出来事を探し、その日に意味をもたせようと思案をめぐらした。だが、その日は決まって歴史的な事件の起った日に遅すぎるか早すぎるかするのだった。ところが、ある日、私は古びた一冊の書物——しかも学校の図書室でも教師しか読まないような書物のなかに「十二月二十日」という書出しからはじまっているものがあることを発見した。

「十二月二十日、シュターンスドルフ貨物停車場の陰鬱な晩である。寒さが体を刺す。十九歳になったばかりの私はプロイセン近衛第三槍騎隊附中尉として、私の機関銃中隊の積荷おろしを見ながらホームの端に立っていた。

ほんの二週間前まで私たちは北フィンランドにいて、待ちこがれていた祖国の船が着いてくれるものやら、この世界のはてに取り残されてのたれ死するものやら、不安に包まれていた。やっと船がヘルシンキに入り、あれこれのごたごたはあったもののともかく私たちをシュテッティンまで運んでくれた」

(W・G・Z・プトリッツ『ドイツ現代史』)

これは一九一八年の十一月にキール軍港にはじまったドイツ革命の結果、ヴィルヘルム二世がオランダに亡命し、第一次世界大戦が終りを告げた。そして、やがてヒトラーの出現に展開してゆく歴史書の、ほんの一寸した書出しの十二月二十日——この同じ日に、私は「自慰」を覚えたのである。

私の場合、他の同級生たちのように、「上級生に便所へ連れて行かれて、無理矢理ズボンをずり下ろされた」とか「近所の好色なおかみさんが、犬に手淫をしてやりながら、ほら同じことをしてごらん」と言われたというのでもなかった。

車輪の始末をしに納屋へ行き、そこで（さむかったので）藁のなかにもぐりこんでいるうちに、下半身がぬくもってむずむずしてきて、手をやってその部分にふれているうちに覚えてしまったのだということになる。それはまだ「春の目ざめ」という感じではなく、むしろ長い冬を耐えるための「自家発電」というスラングにふさわしいようなものにすぎなかった。

そして、その快感も、孤独のなぐさめもまるでセックスや女性とは無関係なもののように思われたのだった。私は、こうした自慰のたのしみは、「他人を必要としなくなる前ぶれ」か「社会的知覚の喪失につながってゆく」のではないかとおそれた。そして、それにしてもはじめての自慰体験と、『ドイツ現代史』との邂逅は一体なんの戯れなのだろうかと思ったのである。

義夫は、自慰になやんで自殺した私の同級生である。足がすこしわるく、引きずるようにして歩いていたが、田舎の子には珍らしく、いつも清潔であった。

小学生のくせにピアノを習っていたので、「ショパン」という仇名をつけられていたが疎開っ子のならいで、私たちと必要以上に打ちとけることはなかった。

「あいつは、ショパンじゃなくて、ションベンだ」と誰かが言ったことから、彼の綽名は「ショパン」と「ションベン」の結合するところとなり、「ショベン」となった。

ショベンは母さん子であった。

十二歳のくせに、母親と一緒に女湯へ行くというので、同級生はみんな羨望をこめて「発育不全なのだ」とか「まだ、毛も生えていないんだろ」とか噂した。

一度、放課後に校庭で四、五人で草っぱらにころがって、「自慰を誰とやるのを想像しながらするか」ということを話しあったことがあった。

日高澄子とか折原啓子とか、美空ひばりといった名が挙がった。

「ショベン！」とカマキリが言った。

「おまえはまだ、せんずりも知らないんだろ」

するとショベンは、「知ってるよ」

と答えた。「じゃあ、誰を想像しながらかくんだ？」

するとショベンは「お母さん」と答えた。みんな笑えなくなって黙ってしまった。

そのショベンの母親が乳癌で死んだのは、翌年の夏である。同じ年の秋にはショベンが草刈り鎌で喉をついて自殺した。

「ぼくは、母さんの遺品の指輪をはめて自慰するときしか、勃起しませんでした。あの、つめたい金属の指輪がぼくのとこすりあってしだいに熱くなってくるとき、ぼくは母さんと一緒になっているように感じました。

お母さん、ぼくはあの大切な指輪を今日、失くしてしまいました。すみませんでした。もう生きてるたのしみもないので、お母さんのところへ行きます。学校のみなさん、いろいろとありがとうございました」

（古間木小学校教育資料　大間義夫の遺書）

晩年

昭和二十三年六月十六日の朝日新聞に、「太宰治氏情死」という記事が出ている。「書けなくなったと遺書、相手は戦争未亡人」というのである。私は、相手が「戦争未亡人」となっているところに興味を覚えた。私の母もまた、戦争未亡人だったからである。

記事は「家出した北多摩郡三鷹市下連雀一一三太宰治氏（四〇）本名津島修治＝および愛人同町下連雀二一二野川内　山崎富栄さん＝晴子はあやまり＝の行方について三鷹署では十五日早朝から、捜査を開始した。

十四日東京都水道局久我山衛場に男もの桐コマゲタと女もの赤緑なめじまの緒のゲタ各片方が発見されており、十五日朝になって井の頭公園寄りの玉川上水土手で、富栄さんのものと見られる化粧袋を太宰家出入りの同町三一三元新潮社員林聖了さん（二一）が発見、中には小さいハサミ、青酸カリの入っていたらしい小ビンと水を入れていたらしい大ビンのほか、薬をとかすのに用いたらしい小皿が一枚入っており、すぐ傍らの草をふみしめて土手を下ったあともあり、遺留のゲタは両名のものと判明したので、上水に投身したものと認定、下流一帯を探しているが、増水のために捜索は困難をきわめ、午後六時一たん捜索を打切った」

その頃、私はまだ太宰治の小説を読みはじめたばかりだったが、よくわからなかった。ただ同じ青森県出身だということと、比較的読みやすいということが、「わが読書」の最初に加えた理由だったのである。

「生まれてはじめて算術の教科書を手にした。小型の、まっくろい表紙。ああ、なかの数字の羅列がどんなに美しく眼にしみたことか。少年はしばらくそれをいじくってゐたが、やがて、巻末のページにすべての解答が記されてゐるのを発見した。少年は眉をひそめて呟いたのである。『無礼だなあ』」

また、「晩年」のなかのべつの一節。「叔母の言ふ」

「お前はきりやうがわるいから、愛嬌だけでもよくなさい。お前はからだが弱いから、心だけでもよくなさい。お前は嘘がうまいから、行ひだけでもよくなさい」

しかし、子供心にも私は太宰のこの言いまわしに反撥したのを覚えている。ああ、おれとは違うなあ。おれならば「行ひがよくないから、せめて口だけでもいいことを言いなさい」と言うんだがなあ。

この「行ひがよくないから、せめて口だけでもいいことを言う」ために私は、文学を志したのではなかったか。

生が終って死がはじまるのではない。生が終れば死もまた終ってしまうのである。「蝶死して飛翔の空をのこしたり」――うそだ。うそだ。蝶が死ねば、空もまた死んでしまう。すべての死は生に包まれているのであり、それをうら返して言えば、死を内蔵しない生などは存在しないという弁証法も成立つのである。だから、太宰治と山崎富栄の心中は二人が長い間大切にあたためてきた「死」をも終らせてしまったのだと私が考えるようになったのは、大学へ入るようになってからのことであった。

かくれんぼ

故郷がアメリカ人たちに押収され、母がベースキャンプに働きに出るようになってから、私はどういうものか「かくれんぼ」という遊びが好きになった。

帰りの遅い母を待つ間の退屈さ、「鬼畜米英」のベースキャンプへ就職して、（しかもメイドというきわめて低い階級の労働に甘んじている母への）近所の人たちの陰口、悪い噂などに抗しかねて、「かくれたい」と思ったのかも知れない。母は、父の死後しばらくは呆然として、腑抜のように見えたが、思い切ってベースキャンプの求人広告「戦争未亡人優遇す」に応募してからは、髪を染めたり、豊頬手術をしたりして若返っていった。

そして、取残された私はわけもなく「かくれずには、いられない」心境に達し十四歳にもなって「かくれんぼ」遊びに熱中するようになったのである。

一体、私にとって「かくれんぼ」とは何だったのだろうか?

農家の納屋の入口で年下の子六人とじゃんけんをしてぱっと散り、納屋の暗闇の藁の中にかくれてじっと息をつめていると、いつのまにかうとうとと眠ってしまい、目をさますと戸口の外に雪が降っている。かくれたときは、たしか春だったような気がするがと、呆んやりとしていると、見つけたぞ、見つけたぞと言いながら入ってくる鬼の正ちゃんがいつのまにか大人になっていて、背広を着て、小脇に赤児を抱いている。その「見つけたぞ、見つけたぞ」という声ももう、立派なバリトンになっていて、かくれんぼのあいだに十年以上の月日が流れてしまったという幻想に取憑かれている。

べつの日私は鬼であった。

子どもたちはみな、かくれてしまって私がいくら「もういいかい、もういいかい」と呼んでみても、答えてくれない。夕焼がしだいに醒めてゆき、紙芝居屋も豆腐屋ももう帰ってしまっている。誰もいない故郷の道を、草の穂をかみしめながら逃げかくれた子どもをさがしてゆくと、家々の窓に灯がともる。

その一つを覗いた私は思わず、はっとして立ちすくむ。灯の下に、煮える鍋をかこんでいる一家の主人は、かくれんぼして私から「かくれていった」老いたる子どもなのである。かくれている子どもの方だけ、時代はとっぷりと暮れて、鬼の私だけが取残されている幻想は、何と空しいことだろう。

私には、かくれた子どもたちの幸福が見えるが、かくれた子どもたちからは、鬼の私が見えない。

私は、一生かくれんぼ鬼である、という幻想から、何歳になったらまぬがれることが出来るのであろうか？

「ある状況についての幻想を捨てたいという願いは、幻想を必要とする状況を捨てたいという願いでなければならない」

（カール・マルクス）

見世物

私の見世物へのあこがれが養われたのも、この古間木での三年間のことであった。政治革命への幻滅が、人に畸型の幻想を与えるのだという、吸血鬼学（エルンスト・フィッシャー）などを持たない少年の私ではあったが、アメリカ人たちの駐留とそれにともなう目まぐるしい日常生活の変化が、しだいにサーカスのジンタの「もう一つの世界」へのあこがれを追い求めさせたのである。

曲馬団、女相撲（当時は角力といった）、蛇娘、熊娘、生首浄瑠璃、大女と一寸法師、好色金玉娘、足芸、ろくろ首、胃袋魔人と言った怪物たちは、そのまま私の戦後のイメージであって、フィクションであるとは思えないのであった。

私は、学校を休んでは広場へ出かけてゆき「親の因果が報いた子の不幸」をまざまざと見ては、私の母の（私を生む前の）悪業を空想しては胸をどきどきさせたものであった。

鰯雲のひろがっている空の下、蛇遣秘伝の赤いのぼりのはためく風で、私はある日一人の大男としたしくなった。

「おじさんは、どこから来たの？」

と私は訊ねた。

「東京からだ」

「ここで何をしているの？」

「腹上の餅搗《つ》き芸と言うやつさ」と大男は言った。「むかしは両国で角力をやっていたんだが、今はこの腹の上に餅をのせて、客に餅搗きをさせているんだよ」

「へえ」

と私は感心した。

「腹の上で、餅を搗かせるの？」

「ああ」

と大男はうなずいた。「正月でもないのにな」

この「正月でもないのにな」という言葉がなぜか私をかなしくさせた。私は、その大男のつき出た丈夫な腹を見た。大男は、わざとおどけてその腹を手の平で撫でてみせてくれた。

「いい腹だろう？」

腹のあちこちには、そばかすのようなシミがあった。ふと、大男が私に訊いた。

「坊主は何年生だ？」

私は答えた。

「中学の一年生だよ」

「十三か？」

「十四です」

「十四？」

「そうか、同じ年だ」

と大男が言った。だが、誰と同じ年なのかは、私にはわからなかった。私は「誰？」と訊こうとして、何だか悪いような気がして口をつぐんだ。そして、そのかわりにわけもなく、にっと笑うと大男もにっと笑い返した。一座は「弁天に描く蛇遣い　小松崎太夫蛇娘一座」という名であった。

大男から私が教わった見世物一座の陰語

場所	ショバ	指輪	ワッパ	箱	コハ
手拭	スイビラ	兵隊	タイヘイ	匕首	ドス
捕る	パクラレル	風呂	ズンブリ	精液	トロ
子供	ジャリ	自白	ウタウ	蠟燭	トロボー
短銃	ハジキ	時計	ケイチャン	危険	ヤバイ
喧嘩	ゴロ	下女	シャリマ	酒	キス
女陰	ヤチ	うどん	ナガシャリ	男根	ヨシコ
質屋	グニャ	禿	カリス	煙草	モヤ
胴巻	ヨイチ	貧乏	ヒンヤク		

一　ヤリ　二　フリ　三　カチ　四　タメ

五　ズカ　六　ミズ　七　オキ　八　アッタ

私はこれを、単語帳に書いて暗記した。

美空ひばり

藁半紙の、くすんだ灰色というのは、なぜか北国といったイメージを私に与える。鉛筆は2B。そして、私の詩のなかには何時も汽車が走っている。詩のなかを走っている汽車が、どこから来たのか、どこへ行くのかは、書いている私にさえわからないのである。

便所より青空見えて啄木忌

こんな俳句を作ったのが、中学校の一年生のときであったが、やがて私は青森の映画館をしている祖父夫婦の家にひきとられて、一人だけ青森へ出ることになった。仕事に馴れはじめて、「カマンナ・マイ・ハウス」を口ずさむようになった母は、一人古間木に残ってベースキャンプで働き、私に中学の学費を仕送りしてくれることを約束した。（この祖父夫婦坂本勇三、きい夫婦は、本当は私の母の両親ではない。私の母を麦畑に捨てた亀太

郎の弟夫婦である）

古間木の駅前で、私が最後に聞いた歌は、美空ひばりの「悲しき口笛」であった。

いつかまた逢う指切りで
笑いながらに別れたが
白い小指のいとしさに

という歌をききながら、私は改札口を一人でくぐった。見送りに来た母が、私を改札口から送り出したところで、くわえていた煙草を捨てると、その煙草についていた口紅が私の目にとまった。そのときは、休日の鮒釣りにでも出かける位にしか思わなかったが、それが私と母との生きわかれになったのだった。

だから、私は美空ひばりの「悲しき口笛」をきくと母のことを思い出す。

母は、そのときにはまだ三十二歳だったから、今の私と同じ年である。だが、母はすでにやさしく立っている廃墟であった。首に真綿をまき、ドテラを着て真赤な口紅で唇を彩どり、ポンと肩を小突かれるとそのまま崩れてしまいそうに弱々しく、父に死なれたあとの余生を支えるために、さみしく笑いなどをうかべながら、私に手を振っていた。

もしも「科学的にとりあつかわれたものが自然であるのに反して、作詩されたものこそ歴史である」ということばが真実ならば、私と母とのわかれを作詩していたものが、ホーマーでもヘルダーリンでもなく、西条八十であったということは、いかにも象徴的なことであった。

海

疎開先の古間木から帰ってきた私を、青森で最初に迎えてくれたのは、海である。海は「家なき児」の私の家になった。

私はあとになってから、海についてのエッセーをいくつか書いたが、それはみな、十四歳のある暗い夜、青森駅の桟橋から眺めた、ひどく心細い海のイメージにつながるものであった。

「海がLa merで、女性名詞であることを知った時、ぼくは高等学校の三年生になっていた。あの雄大なユリシーズの海がなぜ女性なのか、ぼくには理解できなかった。ただ、海が女性である以上、たやすく自分の裸を見せることは、ぼくの自恃が許さなくなった。そしてぼくは泳ぐ、ということに疑問を持ちはじめた。

海が女ならば、水泳は自分がその女に弄ばれる一方的な愛撫にすぎないではないか。

ぼくは、あの青い素晴らしい海が、どちらかと言えば母親型の海であることを惜しんだ。

そしてドビュッシーの「海」という曲などは、海のエゴイズムを知らない曲であると思った。
ある日、ぼくは海を、小さなフラスコに汲みとってきた。下宿屋の暗い畳の上におかれたフラスコの中の海は、もう青くはなかった。そしてその従順な海とぼくとは、まるで密会でもするように一日中、黙って見つめあっていた」

（十八歳「海について」）

「生まれた町へ帰って、ぼくは夜、一人で寝るときに、月夜の海へ向って、ほんの少しだけドアをあけておいた。
誰が入ってくると言うのでもない。
ただ、夢ははてしなく青い海原に幻のヨットが無数に浮かび、漂っているのであった。
ぼくは怒濤の洗礼に、はじめてあこがれた。それは官能のうずきのように、ぼくの男の血をかきたてた。（そして、ぼくは寝落ちてゆきながら、真夏の海の潮鳴りを求めつづけていた）
ぼくの中で海が死ぬとき、
ぼくは始めて人を愛することが出来るだろう」

（二十二歳「海について」）

ボクシング

ボクシングに興味を持ちはじめたのは、青森市の映画館、歌舞伎座の楽屋で生活するようになってからである。

楽屋は二十畳あって、旅巡りの浪曲一座（天中軒雲月や酒井雲）らが、年一度やってくる他は使っていなかったので、そこが私にあてがわれた、という訳だった。

私は、楽屋で壁にはりめぐらされた化粧鏡と睨めっこをしたり、百面相をしたりしているうちに、左の眉毛が自由に動くことに気がついた。そこで早速、切符のモギリの笠原さんに見せにゆくと、彼女は「ジョン・ウェインに似ている」と言ってくれた。

それで、その日からジョン・ウェインのファンになったのである。

映写技師のなかに、ジムへ通っている金田という朝鮮人がいて、その男に借りた『古代拳闘史』とビル・スターンの『拳闘綺譚』とが私の心をとらえた。

特に、『古代拳闘史』の皮表紙の裏に、金田が下手な日本語で書いた「勝つことは思想である」ということばは、故郷の動乱を目前にしていた朝鮮人の金田の、無口な決意と考えあわせると、胸に沁みるものがあった。

ビル・スターンの書物のなかで、私は一九一二年冬のワード対アークの素手拳闘のさしえを見て、びっくりした。二人の、初期の拳闘家は、血まみれのナックル・ベアで「殺し合い」に熱中しているとしか見えなかったからである。

「拳闘で数奇な運命を辿った者といえばジョン・モリッセイを挙げねばならない。サンフランシスコの下町バワリーの酒場のごろつきから身を起して、遂に拳闘界の最高峰までよじのぼりながら、その彗星のような舞台から、突然彼はどん底に落ちこんでしまった」とか、

「旅好きでジプシーの巾着切」だったジェム・メイスはずっとヴァイオリンを手放さず、どこへでも持ちまわった。何しろ、彼の旅は長かった。リング生活が五十六年もあったのだから。

そんな彼の生涯のクライマックスは南アフリカで展開された。すでに有名な二人の強剛選手が世界を目指して、メイスを待ち受けていたのだ。

メイスはたった一週間のあいだに、この二人の挑戦者を対手にして戦った。そして、二人ともノックアウトで倒した。この壮挙を行ったとき、ジェム・メイスは驚くなかれ、実に七十一歳だった。

「それから九年後に、彼は八十歳の高齢で死んだが、死のときまで自分に忠実であった。というのは、死の床で、彼は片手に愛用のヴァイオリンを抱え、一方にはボクシングのグ

ロープを握りしめていたから」(Bill Stern's FAVORITE BOXING STORIES)

中学三年の時、私は一メートル七〇センチあった。ジムに通いはじめると、コーチは、長いリーチと、足を使うべきだと言ったが、私は、折たたみ式のように細長い私の体で、アウトボクシングをするると、水すましみたいで嫌だから、インファイターになりたい、と言った。すると、コーチは「腕が長すぎる」と反対した。

私は、長いリーチでインファイトするためには、アッパーが一番効果的だと思った。しかし、アッパーは高度技術だというので、シャドウとジャブ、ストレートをマスターしてからでないと教えてくれないことになっていた。

私は一日も早く闘いたいと思った。しかし、私の人生はまだ本当に始まっていたとは言えなかったので、私には「憎むべき敵」がなかったのである。憎くない相手を殴れるだろうか？　憎くない相手のために、血を流したりすることが出来るものだろうか？　と、私は中学生並の悩みを持ちはじめた。ボクシングをしはじめると、私の体重はますます減りはじめたが、見た目には少しずつ太って行ったのである。私はボクサーになるためには、東京に行かねばならない、と思った。

東京へ行きたい
と思いながら
自分の心臓の部分にそっと手をあててみるとその最初の動悸なのか
青森駅構内の機関車が一斉に汽笛をならす音なのか
ひどくけたたましい音がする
おれの心臓は、さみしいひろいボクシングジムだ
誰もいないのにサンドバッグだけが唸っている
もしもおれが夢のなかで
相手のボクサーに一発ノックダウンを喰わせたら
町中の不幸な青年たちは
一斉に目をさますだろうか？

（叙事詩「李庚順」）

ボクシングは、三年間やって高校二年でやめた。次第に「食事制限」に耐えられなくなっていったのである。そんな頃、私はジャック・ロンドンの小説を読んだ。「一塊の肉」というその小説は、飢えた少年がリングの上でノックアウトされ、気を失ってゆく瞬間に思いうかぶ肉のイメージを詩的にえがいたものであった。私は「食うべき

か」「勝つべきか」ということを真剣に考えはじめた。Hungry youngmen ハングリー・ヤングメンと Angry youngmen アングリー・ヤングメンとのあいだには、青春のはてしない荒野を垣間見るような気さえした。

そして、私は試合らしい試合もせぬままに「引退」したのである。今から思えば、私のボクシングは書物から始まって、書物で終っている。

その頃はまだ、「書を捨てよ、町へ出よう」というフレーズには取り憑かれていなかったのであろう。

十七音

中学から高校へかけて、私の自己形成にもっとも大きい比重を占めていたのは、俳句であった。この亡びゆく詩形式に、私はひどく魅かれていた。俳句そのものにも、反近代的で悪霊的な魅力はあったが、それにもまして俳句結社のもつ、フリーメースン的な雰囲気が私をとらえたのだった。

「いっちょう、言葉を地獄にかけてやるか！」といったことを口にしながら、私は五音七音五音のカセを持って句会に出かけて行ったのである。

「あらゆるものの価値が崩れ、私たちをふいに自由が襲った。私は用心ぶかく、この自由をのりきるために、形式を必要とした」（ガリ版句集・序）と私は書いているが、実際は私の人生の「待機の時代」と、俳句文学の失われた市民権のなかに、何かしら通じるものがあったにちがいないのだ。

ある日、同級生の京武久美が一冊のリトル・マガジンを持って、にやにやしていた。

「どうしたのだ?」と訊いても答えない。

そこで、私は無理矢理にそのリトル・マガジンを引ったくって、ひらいてみた。

それは青森俳句会という無名の小結社の出している「暖鳥」という雑誌であったが、そのなかの「暖鳥集」という欄に、京武久美という名と、彼の俳句が一句印刷されてあるのだ。私は、麦畑でひばりの卵でも見つけたように「あ……」と素頓狂な声を出した。

京武の名前が活字になって、「もう一つの社会」に登録されているということは、私にとっては、思いがけぬことであった。

「これはどうしたのだ?」

と訊くと、京武は「結社の秘密」を守るように口をつぐんでしまった。

「話してくれ」

「何でもないのだ」

「何でもないなら、なぜそんな風に『有名』になるチャンスを作ったのか、できるだけ詳しく、話してくれ」

——そして、その夜私は京武に連れられて、「暖鳥句会」に出席した。それは吹田孤蓮という怪人物の自宅で、「会」はそのうすぐらい八畳間でひらかれた。

吹田孤蓮は、昼のあいだは吹田清三郎という名で、学校の教師をしているが、夜になると「孤蓮」に変身するのだ、と京武が説明してくれた。「つまり、昼の職業は、世をしのぶ仮のすがたという訳だな？」と私。

「ああ、本当は俳人なのだ。ただ、そのことを秘密にしているだけなのだ」

やがて、一人二人と俳人たちが集まってきて、その夜の季題というのが発表された。人妻もいれば会社員もいた。その俳人たちが、「菁実」とか「未知男」とか「秋鈴子」とかいった号によって、本来の自分に立ちかえってゆくのを見ているうちに、私は子供の頃見た映画「まぼろし城」を思い出した。

覆面の結社の魅力。しかも、その秘密じみた文芸の腕くらべ。それは、まさしく私のすごしてきた少年時代の地下道のように、「もう一つの時」の回路にさしこんだ、悪霊からの音信のようにさえ思われるのであった。

次の月から、私は「暖鳥」の投稿家になって、吹田孤蓮の選を受けはじめた。

投稿欄の魅力は、その階級性にあった。

毎号、新しい雑誌がとどくたびに、四十人ほどの投稿家に与えられたランキングに目を通し、自分の「階級」の上下をさがすたのしみ。それが、私を夢中にして行った。

俳句雑誌には大抵、同人欄と会員欄があって、同人は無鑑査のままで作品を掲載できるが会員は主宰者の選をうけなければならない。

そのランクは、一番前に出るのが巻頭といって一位、以下地位順に並んでいて、最後は一句組といって「一兵卒」が、地域別に並ぶという仕組である。今月百四十位だったものが来月百二十位に載るということは、そのまま「出世」に一歩近づくことであり、それが二、三人に追い抜かれるということは、階級が下がったことになる。

そこに働く物理的変化は、三十日周期で実にはっきりと上下してゆくので、投稿者は自分の作品の実力ばかりではなく、選者への贈り物、挨拶まわりにも意を払うようになる。十七音の銀河系。この膨大な虚業の世界での地位争奪戦参加の興味は、私に文学以外のたのしみを覚えさせた。私は、この結社制度のなかにひそむ「権力の構造」のなかに、なぜか「帝王」という死滅したことばをダブルイメージで見出した。

帝王、しかし書斎の山羊め!

たかが活字のついた紙ばかり食いやがって。
私の詩の中を
今もまた汽車が走ってゆく。

句　集

ラグビーの頰傷ほてる海見ては
目つむりていても吾を統ぶ五月の鷹
沖もわが故郷で小鳥湧き立つは
車輪繕ふ地のたんぽぽに頰つけて
文芸は遠し山焼く火に育ち
いまは床屋となりたる友の落葉の詩
人力車他郷の若草つけて帰る
二階ひびきやすし桃咲く誕生日
林檎の木ゆさぶりやまず逢いたきとき
教師と見る階段の窓雁渡る

故郷遠し桃の毛の下地平とし
黒人悲歌桶にぽっかり籾殻浮き
鳥影や火焚きて怒りなぐさめし
流すべき流燈われの胸照らす
他郷にてのびし髭剃る桜桃忌

規律

ヒットラーは少年時代に、友人のアウグスト・クビゼックと一緒に、よくリンツの劇場へ行ったと言われている。

このリンツで、彼はワグナーの楽劇に出会った。ワグナーの衝撃は画家志望の彼に「鍛冶屋のウィーラント」というオペラの作曲を思いだたせたほど大きかった。彼はクビゼックに同性愛を感じていて、二人の共有の感動であるワグナーの楽劇を胸ふかく灼きつけながら、ウィーンの音楽学校の入学試験を受けた。

入学試験失敗の後も二人はウィーンのシュトゥンペル小路の下宿屋の二階に同棲していたが、夏休みでクビゼックが帰郷し、秋に出てきたときにもうヒットラーは下宿にはいなかった。アラン・バロックはそのときのことを、

「こうして彼は気落ちしたまま、かつはひとりぽっちで無名のまま、海のような大都会に身を潜めてしまったのである」と詠嘆的にかいている。

「しかし、ヒットラーは気の弱い芸術家志望からいつのまにか政治家志望に転身したのではなかった。彼は自分が表現者であることをやめて、そのかわりワグナーの楽劇を、より大きな構想の下に行為の次元で体験したのだ。

彼は恐らく楽譜や歌手という代理現実の世界をとびこえて、クビゼックと自分との共有の感動を、歴史という途方もないステージで再現しようとしたのだろう。ヒットラーは、その意味ではもっとも純粋な芸術家であり、彼の反社会性は彼の芸術性のなかにこそ由来しているものなのである」

（行為とその誇り）

今にして思えば、ヒットラーの口髭と俳句との相関関係は、私の少年時代における一つの「謎」であったような気がする。

私は京武久美とは、同性愛ではなかったが、俳句に熱中しているあいだはきわめて禁欲的であり、つねに一つの教義と体系へのあこがれに終始していた。ヒットラーは「一つの形式が現実に即していなくとも、それが運動の原則として有効ならば信じよう」（ヒットラーとの対話）と、書いているが、私の俳句版「わが闘争」もまた、ふりかえってみると口髭のように謹厳で、しかも滑稽なのであった。

爪

トロッキーの『わが生涯』を読むと、彼は十六歳頃から「愚かな夢想」にとりつかれていたようである。

「学校における私の政治的傾向はといえば、漠然とした対立者のそれであり、それ以上の何ものでもなかった。この学校では、革命の問題は一度も私の前にもち出されたことさえなかった。ただ噂としてチェッコ人のノヴァクという者がひらいている個人の勉強塾で、集会があったり、何人かの者が逮捕されたりしたという話を聞いていた。ノヴァクは私たちの学校でも教えていたが、たしかにそんな理由から免職され、べつの教官と入れかわった。一八九五年、私が王立学校での勉強を終えて、漠然とした民主思想かぶれの状態でイワノフカの村に帰ってくると、父は敵意をふくんだ声で、

――三百年たったって、革命なんかできないよ。

……と言ったものである。

父は革命のための努力の無駄なことを知っていたので息子のために心配したのであった。

一九二一年に、白軍をのがれ赤軍をのがれた父が、クレムリンに私に会いにきたとき、私は冗談めかしてこう言った。

——覚えてますか、お父さん、帝政はまだ三百年はつづくだろうとあなたが主張したのを？

老人はいたずらっぽく微笑して、ウクライナ語で答えた。

——今度にかぎり、お前の真実がいつまでも続くことを望むよ……」

（レオン・トロツキー『わが生涯』）


だが、私の学校時代にはノヴァクの勉強塾のようなものはなかった。すべてのものは許されていて、梅干弁当を古い「アカハタ」紙で包んでくるものがいても、誰もとがめだてするものなどはないのだった。私の、ハイティーン時代の政治的傾向——それは、まさに「科学的にあつかわれたもの」に反した「作詩されたもの」を見出すことにほかならなかった。つまり、血のかよった魂の告白だけが、私にとっては有効だと思われていたのである。

ひとりの中年男——虫松という映写技師がいた。妻に逃げられてから、私たちの映画館に棲みついてしまっていて、当直と掃除とを一手にひきうけている、気の弱い男であった。通信販売で「吃り対人赤面恐怖の治し方」という書物などを取りよせていたから、ほんとうは無口なのではなく「対人赤面恐怖症」だったのかも知れない。

何しろ、「モシモシ」と言えず「ムシムシ」と発音する典型的な津軽人で、十年も独身で暮していたので、その宿直室へ入ると、酢に漬けた皮のような、すえた男くささが充満していた。

あるとき、私はその虫松に将棋盤を借りにゆき、その枕許に罐を一つ発見した。それは鮭の罐詰の罐より少し大きく、ラベルがはがされていたが、手に持つと何だかずっしりと重いのだった。私は、好奇心からその蓋をとってみた。

すると中には、切り捨てた爪がびっしりと入っていた。

「あの罐に入っている爪は何だ?」

と、べつの日に私は訊いた。

「おれの爪だ」

と虫松は答えた。

「何する? あんなもの」

と、また私は訊いた。虫松は、財布の中のヘソくりを数えられでもしたように、すこし怒りをこめて、

「あれは全部、おれの爪だ」

と、言った。

「尋常小学校のときからのを、ずっと貯めておいたのだ」

私は、夜たった一人で裸電球の下で爪を切り、その爪を大切そうに罐にしまいこむ一人の中年男、虫松勇人の孤独を想った。それは蒐集家の爪などではなかった。大戦中、ニューギニアからセレベスへ、御国のために死にに行った一人の男が、戦場において守りつづけた「個人的なるもの」の正体は、こんな無惨なものにすぎなかったのだろうか？　その夜、私はその罐を借りて帰り、耳もとで何べんも振ってみた。それは土着版のマラカスで、カサカサと切ない音をたてた。だが、この爪のマラカスを鳴らすための楽団はどこにもないだろう。私は、虫松に同情し、そして軽蔑したのであった。

春画

青森の蓮華寺で彼岸に、屏風の地獄草紙を見せてもらったのと、水木のおばさんに春画を見せてもらったのとが、私の少年時代にみた、「二大展覧会」であった。といっても横尾忠則のように、死んだ継母が自分のためにのこした皮の財布をあけてみたら、中から半紙が出てきて、遺書かと思ってひらいてみると春画だったというような劇的な春画との出会いは、私にはない。

私がボクシングジムへ通っていた頃、水木のおばさんが、

「しっかり勉強しなさいよ」

と言ってくれた三省堂のスクール英和辞典を持って帰って一人でひらいてみると中から二、三枚の春画（ただしくは春写）であったがこぼれおちて来たのだ。それは女学生と家庭教師との「春のたわむれ」を写したもので、一枚目はセーラー服の女学生のスカートがたくしあげられて、陰部がまる見えになっており、その傍らで丸太のように逞しい男根の、上半身詰襟下半身全裸の大学生——家庭教師が、女学生の陰部を「写生」しているものであった。

二枚目は、写生を中止した家庭教師がその女学生の上に馬乗りになって、挿入されている部分がクローズアップになっており、三枚目は、女学生の口に家庭教師の男根がくわえられているのだった。「やがて一物を口にふくみて舌の先にて鈴口を撫でる順取り、あきれる程、上手なり。今迄幾年となく遊びまわりしが、是程の上手には未だ一度も出会った事なし、今度はどうしためぐりあわせかとしみじみ嬉しくなり、己も女の内股へ顔をさしいれ……と、するに、女は忽ち、うつつによがりだし、口の中なる男の物、唇にてかたくしめてはこきながら、舌の先にて……いよいよたまらず……」（永井荷風『四畳半、襖の下張り』）

しかし、どうしてこんなものが英和辞典のあいだにはさまれてあったのか、私にはわからなかった。水木のおばさんが、しまい間違えたのか、それともわざとはさみいれておいて私に見せようとしたのか。

水木のおばさんは、歌舞伎座の「常連」の一人で、浪曲師や旅役者の一座がやってくると、その世話役でやってくる人である。小肥りで色白で、もう四十をすぎているのに小学生のようにはしゃいだりすねたりするという性格であった。

噂では、松木屋デパートで「万引」してつかまったことがあると言われていたが、その真偽は私にはわからない。ただ、私はそれから何となく水木のおばさんと顔をあわせるのが怖くなった。

夢の中で、水木のおばさんは一匹の白い豚になって浮游していた。それは暗黒の空に、すこし傾いて、全身をよだれで洗ったようにぬめぬめと輝きながら、まるで高速度撮影の肉塊のように私の胸の上に浮き、どうやって払いのけようとしても、去ることがなかった。

「他人の情事」は、そのときから地獄としてしか、私には映らなくなってしまったのである。

わが町

ジャイアンツの藤本英雄投手が、青森市営球場でパーフェクトゲームをやったのは、私が少年ジャイアンツの会青森支部で「委員」をやっていた頃であった。

相手は白石の率いる西日本軍で、藤本のスライダーに手も足も出なかったのだ。「けちでちっぽけな町のけちな野球場」で、わが国で初めての大記録が立てられたことが私には嬉しかった。

男の命は、どんな男の命でも、他の男の命以上にねうちがあるものではない。それは誰でも知っている。いちばん幸福な男は、運命のたのしめる男だ。しかし、あらゆる男の運命は平等に貧しい上に、運命に従うことは苦しいから、大きな幸運にめぐまれる男は一人だってない。男の経験の大部分は、想い出のよくないことばかりである。

「男はみんな動物だ。男はみんな他の男とおんなじ動物だ。だが同時に一人ひとりが独特な動物である。男はちっぽけな、さびしい生きものである」（W・サローヤン「男」）

私は自転車にのって町を横切ってゆく。

「今夜、曙食品でジャイアンツの選手のサイン会があるぜ」

「サイン会？」

と自動車修理工の泰が顔をあげる。

「藤本も来るのか？」

「みんな来るそうだ」

私は自転車のベルを鳴らす。チリンチリンチリリリリン。一番セカンド千葉。猛牛とよばれた猫背のトップバッター。二番サード山川、無性格な二枚目。三番ヤンター青田。少年クラブの人気者ホームラン王。西から来た男。四番赤バットのファスト川上。弾丸ライナー、努力の人。五番レフト平山……塀際の魔術師。

私の胸にバッチのGの字が光っている。私は電話のところに行って、友人を次々と呼び出す。サイン会があるんだけど、来ないかい？　藤本が日本で初めての完全試合をやったんだ。

「完全試合ってのは、ランナーを一人も出さねえって奴かい？」

とシナソバ屋のにんじんが言う。

「ああ、そうだ。敵をバッターボックスから出さなかったんだ。三九の一十七人を、全員あの一坪足らずのボックスへとじこめてしまったんだ」

「みな殺しのブルースだな」

とにんじんが左利きの腕をびゅんびゅんとふりまわし、ロッキング・モーションの真似をする。

「おれも前に一度やったことがあるよ」

目をつむると、あの日の夕焼けが浮かんで来る。私の町——それはもはや「この世に存在しない町」だ。サローヤンではないが、男の経験の大部分は、「想い出のよくないことばかり」なのだ。だが、ひどく曖昧になって、消えかかっているものを、洗濯箱の一番下から古いシャツをひっぱり出すように——もう一度引っぱり出してみることもまた、私のたのしみの一つでもあるような気がする。

私の住んでいた歌舞伎座は、塩町の四十三番地にあった。その隣は自転車預り場を兼ねたうどん屋があった。人生を太く長く生きる手打ちの鍋焼うどん。若主人は、侏儒だったが愛嬌だけは満点だった。その隣は、小間物雑貨「名畑」。その隣には棺桶も作る桶屋。そして名もない小さな川である。

私はたびたび「名畑」で映画スタアのプロマイドを買った。ファン・レターを出したテレサ・ライト、ゲイル・ラッセル、東谷暎子。彼女らのプロマイドを買いに行くたび、おばあさんが出て来て、

「買わないブロマイドにさわっちゃいけないよ」

と言った。プロマイドをブロマイドと言いくるめるあの「鬼のやり手婆」――まるで娼婦でも斡旋するかのようにプロマイドと私とを仲介する「名畑」のばあさんが、まだ生きているかどうかは、私にはわからない。その隣は、いつも閉じている家――表札も思い出せない。そしてその隣が「少年野球の快速投手がいる」という噂の桶屋。風呂の蓋から、棺桶まで。歌舞伎座の左隣は、散髪屋で、草野球のできる広っぱがあってカフェ「川浪」があった。まだまだ思い出し忘れがいくつかあって、その上にたれこめているのは鉛色の曇天である――今から思えば朝鮮人の金山が、いつもギターをひきながら、一人で歌っていたのは、こんな歌だった……

帰る故郷があるならよかろ
おれにゃ故郷も親もない

戦争論

いつ頃からかよくは思い出せないが私のズックの鞄の中にクラウゼウィッツの『戦争論』が入るようになっていた。私は、できるだけくわしく、戦争について知りたかったのである。当時、私の目に入る戦争という字は、いつも反対という字とくっついていて、

「戦争」だけで独立しているということは稀であった。しかし、私はジャックナイフで新しいハマグリの口を裂くときのように、戦争と反対とを切り離して、それぞれのことばを完成したものとして考えてみたいと思いはじめたのである。

貨物倉庫の二階の薄暗がりで、藁の上に腹這いになって、まさに「戦争」をそれ自体としてイメージしながら読んだこの書物には、少年を魅了するようないくつかの章分けがなされてあった。たとえば第一部の第三章は軍事的天才、という章であり第三部の、第一章は戦略、第九章は奇襲、第十五章は幾何学的要素といった章であった。そして、それらの各章は、いずれも実戦での効用を意図して書かれたものであるという、いわば「専門書」であるということによって、他の戦争小説と一線を画していたのである。それまでの私は、戦争をロマンだと思っていたので、機械工学や物理学のような専門書があるなどとは、思ってもみたことがなかった。一体、十七歳の少年にとって戦争とは何か？　歴史にとって戦争とは何か？　去ってゆく貨物列車にとって、たった五円の棒つきキャンデーにとって戦争とは何か？　戦後の糜爛にとって、銭湯にとって、田端義夫の哀愁にとって、戦争とは何か？

一口に言ってカール・フォン・クラウゼウィッツの『戦争論』は、すぐれた戦略論ではない。奇襲の効果を否定し、幾何学的諸要素について多くを語らず、勝利を叙事詩的にとらえようとしない点に於ては、むしろ鈍重で生真面目すぎるとさえ言うことができるだろう。もし、実戦に於て何らかのかたちで応用しようとするならば、まだしもカンパニスの『ドジャースの戦法』に見られる、野球技術のいくつかの転用の方に多くの示唆をはらむものがあるとさえ言うことができるのである。それにもかかわらず、クラウゼウィッツの書物が美しいのはなぜかと言えば、その偉大な悲劇性の重みだったように思われる。

クラウゼウィッツの『戦争論』のなかで取扱われている戦争は、決して為政者の恣意でもなければ、偶然でもなく起こる。それは国境周辺の両家の突発的衝突事故でもなければ、怒りでもにくしみでもなく、まさに「他の諸手段による継続した政治以外の何ものでもない」のである。母とのわかれ、父の死といったもののなかに「人と人とのあいだの葛藤」の悲劇性を思いつづけていた私は、十七歳になって、この古風な一冊の書物に出会い、人と人とのあいだにではなく、人と他の何かとのあいだに、より大きな悲劇がひそんでいるのだということを知った。そして、それは避けようとしても避けられぬ見えない力で、まさにボードレールの詩句のように「数の増大を好むことの神秘的なあらわれ」であり、少年の手はどうにもできない世界まで及んでいるのである。

放課後、私は階段に腰かけていた。

階段の窓からは、雁が帰ってゆくのが見えた。（もしも、私が死ぬときは一人で死ぬだろうか、それとも世界の滅亡と共に大部分の人類と死ぬだろうか？　一人で死ぬのも、人類が滅亡するのも私にとっては同じことであり、死はまさに相対的なものの考え方をゆるさない筈なのに、この二つを区別したいと思うのはなぜだろうか？）私は、たぶん二度死ぬのである。はじめの死は、私にとって「死を生きる」ことであり、世界との水平線をべつべつにすることに他ならないが、二度目の死は万物の終焉なのである。同級生の自殺や、アルコール中毒の父の死、草刈鎌で手首を切って死んだ古田完先生らの死がどことなく官能的でさえあるのは、「死を生きている」ものへの羨望を、生きのこっている私の心の中にとどめることが出来たからである。死んでから、二度目の死を待つまの猶予は死んでみたものでないとわからぬが、しかし何となく妖し気な幽界冥土のたのしみを想わせる。しんじつ「戦争」の中にひそむ二度目の死へのたわむれは、怖ろしい。「私は、一度目の死と二度目の死とのあいだは出来るだけ歴史が長い方がいいと思います」青森高等学校三年A組　寺山修司

放課後、私は階段に腰かけていた。戦争がやくざの殺しとちがうのは、死における数学の問題である。一度目の死と、二度目の死とのあいだで、「時」を人の数のように算えてゆくむごたらしさは、ボードレールの言うように「数は個の内にあり、数は陶酔なり」なのだろうか？　私は階段の窓から渡ってゆく雁の数をかぞえはじめる。一羽、二羽、三羽、

四羽、五羽、六羽、七羽、八羽、九羽、十羽、十一羽、十二羽、十三羽、十四羽、十五羽、十六羽、十七羽、十八羽、……

競馬

十九歳で上京した私は、一年で早稲田大学を中退し、新宿の酒場に十日働いたり、シュペングラーの『西洋の没落』上下を、高田馬場の文献堂に売ったり、競馬であてて買いもどしたりするような貧しい日がつづいた。もはや定期購読紙は『週刊ホース・ニュース』だけになり、人生に於ける偶然の役割といったことについて、真剣に考えるようになっていた。詩を書きためては破き捨て、ドストエフスキーの「世の中には偶然のない人生というのもあるのです」(賭博者)ということばの誘惑にさえ、しばしば心を動かされながらも、私がいつも魂の帰郷といったことに想いをひかれ、「誰か故郷を想はざる」とくちずさみつづけてきたのは、一体何の力によるものだったのだろう。

数年後、私はボクシング・ジムの同世代のボクサーや家出少年、綱領なき革命家たちや自立ロカビリー・バンド、香具師、テキ屋といったところに、友をもとめ、政治手段を通さぬ相互救済としての詩、話しかける詩、スピリチュアル・ラリーといったものに「方法」を見出そうとしたことと、「故郷」との関連が何だったのかは、私にはわからない。

ここには、十年後一頭の馬について書いた、みじかいエッセーを、再録してみたいと思う。

競馬雑誌をめくっていたら、小さな記事が目についた。

オランダの十四歳の少年が、ジルドレのいる牧場へ、手紙をよこしたというのである。ジルドレもまた少年と同じ十四歳だが、馬としてはもう老齢であり、フランスから種馬として北海道の高橋農場へ買われてきたのである。少年の名は、ジャコ・バン・メーレンベール。「拝啓、私は日本語も英語も上手ではありません」というたどたどしい書き出しで、

「私の好きだったサラブレッド、ジルドレの元気な写真と、たて髪を送って下さい」という要旨であった。私はそれを読んでいるうちに、何だか胸があつくなってきた。

そして、ふとキタノオーザのことを思い出したのだ。

キタノオーザは、ジルドレよりは少しわかくて、生きていれば、今年十歳である。

競馬ファンなら誰でも知っている名馬で、菊花賞に勝った花形であった、いわば「栄光のマーク」である。ひたいに白い流れ星があり、鹿毛で見事な美丈夫で、左の股下にHの烙印がある。Hの烙印は日高生まれの馬にしるされるもので、シンザンにもあった、いわば「栄光のマーク」である。本来ならば六歳で引退して、ジルドレ同様に牧場で種牡馬の生活に入るところだったのだが、取引きしていた牧場に金がなかった。

そこで一寸だけ草競馬を走らそうということになったのが転落のはじまりになった。かつて中央競馬のスターだった馬が、その全盛をすぎて公営競馬に出走するのは、いわば国際劇場の人気歌手が、ドサまわり専門になってしまうようなものである。しかも、六歳でデビューするということでランクもCクラスであった。

はじめて草競馬に出走するという便りをきいたとき、私は旅行先にいた。

「ああ気の毒な」

と私は思った。

それがサラブレッドの宿命ならば仕方がないが、

人に好かれていい子になって

おちてゆくときゃ

ひとりじゃないか

という歌を思い出したのである。

案の定、初出走は九頭立ての七着、二度目のレースも敗れ、三度目はコンディション不良で出走を取り消してしまった。

その頃、私の競馬友だちで、通称三六というニック・ネームの帽子屋（一度三―六で大穴をあてたので三六という名がついた）が、

「キタノオーザを見にいかないか？」

と誘いに来たことがある。

「面白いと思うぜ」

と三六は言った。

私は、その「面白い」ということばに何かひどく残酷なものを感じた。それは、かつての大スターが、場末のキャバレーでヌードショーに出演しているのを「面白い」から見にいこうというような感じなのであった。

私は、いやだと言った。

三六は、帽子を指先でくるくるまわしながら「どうしていやなんだ？　きみの贔屓の馬じゃないか」

と言った。

「贔屓の馬だから行かないさ」と、私は言った。

「たぶん、むかしのファンに見られるのを、キタノオーザは喜ばないだろうよ」

それから、キタノオーザは、一か月に二度も出走するようなハードスケジュールに耐えねばならなかった。八歳になっても走りつづけ、九歳になっても走りつづけた。

競馬新聞を鉢巻にした予想屋が「キタノオーザ？　あんな老いぼれ、買うたらあかんぜ」と怒鳴ってるのを訊いたこともある。ランクも次第に、C2からC3へと落ち、CとDの混合レースに出走するようになった。よだれをたらしたり、ぜいぜいと喉を鳴らす老いぼれの馬たちの中で、キタノオーザが昔の夢を思い出していた、といったら嘘になるだろう。

馬は夢など見ないからである。

だが、つらい毎日だったことはたしかなことである。草競馬での通算成績は三十三戦して三勝三十敗という無残なものであったし、故障も少なくなかった。

たった一度だけ、すごく話題になったのは二年前の東京大賞レースの前であった。

キタノオーザの体調がひどくよくなり、もしかしたら、公営随一の大レースに制覇なるかも知れないと聞いたとき、私は皆に、

「キタノオーザを観にいこうよ」

と声をかけた。

新聞には調教で、抜群のタイムを出したキタノオーザの写真が出て、「栄光のカムバック、成るか」と書かれてあった。私たちは、一台のスポーツ・カーに乗りきれぬほどの顔ぶれで競馬場にくりこんでいった。「何しろね」と私は言った。

「ゲキリュウと併せ馬して、噛んだそうだからね。

その気になればモノがちがうよ」

私たちは揃ってキタノオーザの馬券を買った。三六は、「馬券がとれたら、みんなでお揃いの靴でも新調しようか」などとはしゃいでいた。

レースは、好調なキタノオーザのペースではじまった。だが、いよいよ四コーナーへかけて、叩きあいになろうというときに、キタノオーザは不運にも足をいためてしまったのである。結果は十六頭立ての十三着でいいところのないものであった。

当時、キタノオーザの世話をしていた武井厩舎の栄一さんは、まだ少年だったが、

「キタノオーザほどの馬格のいい馬は、いままでも、これからも一寸ないでしょう」

といっている。

九歳まで走って、ついに跛行するようになってしまい、「まるで、ヒズメが山羊の爪みたいに割れて、あさっての方を向いちゃった」ときの印象は「かわいそうで、一寸言いようがなかった」ということである。

普通、老衰したり不具になった公営の競走馬の終着駅は「食肉処理場」である。だがキタノオーザは、トサミドリ、バウアーヌソルという良血だったので、食産肉にするということだけは誰からも言い出せなかった。だから顔見知りの馬喰が来て「アラブ用の種馬にでもするから……」と連れて行ったとき、みんなはホッとしたことだろう。

馬喰は

「仔馬が出来たら一頭もってくるよ」

と言って連れていったので、武井さんは「そのうちひょっこり、キタノオーザの仔が来るかも知れませんよ」

とたのしみにしている。


だが貨車に積まれて北海道の紋別に運ばれて行ったキタノオーザを待っていたのは、幸福な余後の生活ではなかったらしい。北海道へ長距離電話をすると
「ああ、キタノオーザって馬を、馬喰さんが持ってきましたがね。ひどい跛行でねえ。しばらく可愛がってくれないか、って置いてかれたけど、困っていたんですよ。アテ馬でもすればいいなんて言うけど、うちにもアテ馬はいますからねえ。ところが、そのうちにいなくなっちまいましたよ」

というのである。

「いなくなったって、誰が連れて行ったんです？」と訊くと
「さあ、覚えてないやねえ」

と返事もそっけなかった。

「じゃあ、キタノオーザの行先は、まるで不明なんですか？」と私は訊いた。

すると「生きては、いるだろうけどねえ」

という声が、とぎれとぎれの長距離電話から返ってくるのだった。

さらば、キタノオーザ。生きていたら、ふたたび逢おうぜ。

そういう挨拶も空しいだろう。勝負の世界では、生き残ることだけが唯一の美徳なのだから。

私は、もう秋になりかけの北海道の空を思い遣り、なつかしいキタノオーザにジャコ・バン・メーレンベールのような手紙を書きたいと思った。

旅の役者と
空ゆく鳥は
どこのいずこで果てるやら

(放浪の馬への手紙)

希　望

この舎房に入居する人へ申し送ります
私は台東区谷中で一般に男娼といわれております被告人です　独房一舎の男娼房におります。
淋しいとき便り下さい　女名光子と申します　三一一一番光子こと玉城礼三

刑事は皆バカタレ　私たちおかまを捕えてなにになるのか　私やめない　くやしい
男を骨ぬき　ちくしょう

俺の名は松下五郎　ガキの頃より女好き　十五の年にサネなめの松下と異名をとった
俺の品　これからもサネ一ト節に生きゆかん

ほたるの光　窓のゆき

これは府中刑務所の壁の落書である。出所したばかりの政が、手帖に書きうつしてあったのを見せてもらったものだ。長い間、私は府中をバスで通りぬけるたびに、競馬場の見張り塔と、刑務所の見張り塔との区別がつかずに、勘ちがいしていたということがあとになってわかった。私は、十九歳の冬に大学を中退し、不摂生がたたり、病気で倒れてそれから二十二歳までの長い四年間を、寝てすごした。世界はつねに、私の外側で動いていて、私には手でさわることができなかった。私は病床で、たまたま新宿花園町の男娼のぎんちゃんと同室し、そこでつれづれにお互いの身の上話などするようになったのである。私は、今から思えば少年時代を通して悲劇的なものを求めつづけていたように思われる。そして、悲劇的なものを求めることが、もっとも英雄的なのだとする、きわめて日本人的な自己形成をつちかってきた。競馬にしても、ボクシングにしても、劇にしても、同じことであった。

だが、病床にいてしかも「悲劇的なものが予め与えられている時代」を遠望しながら、その上、どうして悲劇をさがす必要などあるだろう。ラジオの浪花節のスイッチを、バチリとひねり消してつぶやくぎんちゃんの

「こんなに悲しい身の上で、その上悲しい物語をきく必要なんかないわ」

ということばではないが、もはや感情の高い密度を保証するものは、決して悲劇などではなくなってしまっていたのである。

一本の樹にも
ながれている血がある
そこでは血は立ったまま眠っている

私とぎんちゃんとは、同じ消燈時間に寝落ち、同じ長い夜を迎えることになっていた。しかし、決して同じ夢を見たことはなかった。醒めて、同じ幻想をいだくこともなかった。ベッドとベッドの一メートルの間隔には、はてしない荒野がひろがっていて、そこではお

互いに一つの「時」の回路をまさぐりあっていたのである。私は、その頃「血は立ったまま眠っている」という戯曲の構想をねっていたし、ぎんちゃんは下高井戸署の刑事への復讐をもくろんでいた。一体、私たちにとって、希望とは何であったのだろう。マルローは「苦しみは変らない。変るのは、希望だけだ」と書いている。

その頃、砂川斗争から安保斗争へと、時代は蠢動しはじめていた。私は、一日おきに輸血し、月に一度位は危篤状態に陥るようになっていたが、遺書だけは一度も書いたことがなかった。

地下水道をいま走りゆく暗き水のなかにまぎれて叫ぶ種子あり

私は身長一メートル七十三、体重六十五キロ、血液型ＡＢで、二十二歳、得意な歌は「誰か故郷を想はざる」であった。

第二章　東京エレジー

友人

親指無宿。

つまり親指一本で、あちこちと渡り歩いている人たち。

その何人かを私は知っている。

彼らは、朝のドラッグ・ストアでスポーツ新聞を読みながら、一匙のにがいコーヒーに時間を稼がせている。午前十時。街中のパチンコ店が開店すると、彼らはそれぞれの目標の店に向かって散ってゆく。

李源国さんも、その一人である。

古物商で買った中古の帽子をかぶり、駅の公衆便所の洗面台で顔を剃ってきて、身なりだけはきちんとしているが、目は鋭い。いつも、にぎりしめたこぶしの中で二つの胡桃をもみあわせているので、

「何してるんだ?」

と訊くと、にやりとして「指のトレーニング」だというのである。

「野球選手は全身のトレーニングが必要ですが、私らは指だけのトレーニングでいいです

からね」と言う訳だ。

李さんは店に入っても、すぐにはタマを買わない。タマを買っても、「いい機械」がないと、そのタマの使いどころがないからである。

そこで、まず、入ったら機械を見る。「行けそうだな」と思う機械があったら、それからタマを買って、始めるのである。タマを買う金は、たった一〇〇円。一〇〇円の勝負にどうしてそんなに真剣なのかといえば、それは正に「生活がかかっている」からなのである。

「明治賭博史」(紀田順一郎)という本を読むと、明治二十五年の「郵便報知」に出たこんな広告が紹介されている。

「賭博奨励演説会。

この沈睡せる社会を覚醒し、大いに財物の融通を謀り、社会に活気をあたえ、不景気を挽回する目的ならびに刑法上に賭博律を置くの不道理なることを認め、大いに賭博を行い、さかんに富くじを興すよう致したし。

よって、賭博律廃止請願を本年度第四議会に提出す。ゆえに十一月十日正午より、東京神田錦輝館にて大会を開く」とある。

これを載せた男は、宮地茂平といって、民権運動さかんな頃、政府に日本脱管届を出したという変りものだったそうである。

この広告の中で私の興味をひいたのは、賭博《とばく》を「この沈睡せる社会の覚醒」のためと考えているということであった。

李さんと話していても、パチンコ賭博がただのゲームではないことがよくわかる。彼はまさに、自分自身を「覚醒」するために、この道をえらんだのである。

李さんのパチンコは、一口にいって「あたま狙い」である。だから、機械を見るときにはテッペンの釘のひらき具合をまず見る。

「あたまの閉っている機械は、いけませんな」という。

あたまがひらいていたら、次は左のサイドである。台の右半分へ落ちてゆくタマは死ダマといって、まず望みがない。

「右へ寄ったら、何もかもいけません」

というのは、北朝鮮出身の李さんらしいことばだが、そのくせ李さんには、もう右も左もどっちの思想も意味がないのである。

ま、いって見れば「祖国喪失」ですな。

と笑う。

どこで暮したって、私らには安堵感ってものがありません。こうして、ぶらぶらと遊んでいるが、もう四十二歳ですからね。

その李さんの、一本だけひどく太くなった親指を見ていると、私は何だか肩でも叩いて

「ま、そういわずに一杯やれよ」

と酒でもすすめたい気分になってくるのであった。

「バネのやわらかすぎる機械は、どんなに釘がひらいていてもダメです。そんなときにはマッチの軸をガラス板にはさんで、輪ゴムでひっぱる。そのひっぱり方でバネを調節する」

と、技術的な解説をしてくれるのは、べつの親指無宿で、「兵隊」と呼ばれている男である。傷痍軍人だったが「パチンコという手職を見つけて更生した」という。彼は「釘師」とかけもちで、仲間うちでも稼ぎ頭になっているらしい。

閉店と共にパチンコ屋に呼ばれて行き、打ち止めになった台の釘をすこし曲げて、タマの通路をせまくする。よく入る台というのは、タマのよく入る通路が一つあるだけだから、そこさえ阻げれば、大抵入らなくなる。

そしてパチンコ屋から「修理代」を貰って、それを資本にして、べつのパチンコ屋へ稼ぎに行くのである。

調子のいいときで「一〇〇円タマを買って、七、八〇〇〇発。今までの最高は一四〇〇〇発だった」という。

彼らの敵は「バクダン」である。

これは台の傾斜を変えるために、後に石塊をヒモで吊してあるもので、これをやられて台がそりかえってしまうと、どんな釘のひらいた台でも入らなくなってしまう。
「しかも、近頃はバクダンも科学的になりやがって、電気スイッチで傾斜の調節ができるようになってきたから、俺たちの指も、使いにくくなりましたよ」と李さんはいった。

逃げた女房に未練はなああああいが
お乳ほしがるこの子が可愛いい
とグチっぽく唄う一節太郎のレコード。それがラウド・スピーカーから流れ出している。勤勉実直さに自己嫌悪を感じているサラリーマンたちは、足をすこし外股にひらき、右の肩をおとして、チンジャラ、チンジャラララと、三〇分間ほどの放浪に時を費やす。台のあたまにタマが入ることが、出世の比喩である。そこを目ざした自分のタマが、思いがけないまわり道をして、下に落ちてゆく。
この快い堕落は、決して人生では手に入らないものなのだ。
「パチンコ屋に入った途端にホッとする。つまり、解放感があるんですな。自分が、自分でなくなることの快感みたいなものがあって、われを忘れて熱中している。ふと気がつくと、いつのまにか隣の台に買物籠をもった妻がいて、やっぱり『われを忘れて』パチンコをやっている……それを見て、ゾーッとしたことがあります」と述懐するサラリーマンもいた。

サラリーマンの諸君にとっては、あの一〇〇円で五〇回もトライできる確率の高さが、「歴史の聖なる一回性」などより、はるかに安全なたのしみなのである。その意味では、パチンコは、小市民を「覚醒」させるというよりはむしろ「沈睡」に誘いこむものであろう。しかし、相手が人間ではなくて機械なのだから、ひどく独白的であり自慰的であり、反社会的でさえある。

パチンコ屋には上機嫌な客は来ませんよ。

昨日宝くじに当ったとか、栄転が決まったとか、恋愛しはじめとかいうのは来ませんな。来るのは、みな少しばかりくたびれて、何となく意気の上がらんような、サラリーマンが多いようですな。

これはいわば、信仰のようなもんですよ。——と、うら通りのパチンコ屋の主人の加治さんは語る。

——パチンコの面白くないところは、タマが小さいということだな。

と私はいった。

——タマが小さいというのは男性的ではない。あんなものには、理想が感じられないよ。

すると李さんは笑って、「だが、俺たちのは連発ですからね」といった。

「いつでも七、八発は台の中に流れていますよ。これは仲々、男性的ですよ」

外は雨が降り出した。

雨の降る日は、親指無宿たちの稼ぎの日である。どういうものか「雨の日はよく入る」というジンクスがある。ベニヤ板は雨に弱いから、機械が湿気でゆるんで、釘の反発力が弱まるのではないか、という説もある。しかし、その真疑は私にはわからない。よく入る日は、「タマ泥棒」も「拾い屋」も稼ぎどきである。

子供に拾わせたタマを集めて「しんせい」一個と替えてゆく貧しい父親。

そんな父親もパチンコ産業の生み落した新しい無力人種ということになるだろう。

ほかに「釣玉屋」。これはあらかじめ少し大きめのタマを持ってきて、それを命釘のわきに打ちこんで釘と釘とのあいだにはさみ、それをいくつかブドウのように重ねて、壁を作ってしまうのである。あとは自動的にどんどん入る。ほかに磁石を貸す「貸し屋」。これを借りて玉を穴まで誘導する磁石師。ゴキ専門。パッキン。などなどのイカサマたちもいる。

だが、それでも入らずに有金をすってしまうこともあるのである。李さんは私に「あんたは詩を書くそうだが」……といった。

「俺は一つだけ知っている詩があるよ。

それは
墓場はいちばん
安あがりの下宿屋だ
って、黒人の書いた詩だがね」
と言って笑った。

「三ばんめに安あがりの下宿屋は
パチンコ屋じゃないでしょうかね」

賭博(一)

「酒場は私の学校だった」という有名なことばがある。私にとっても新宿歌舞伎《かぶき》町の酒場が学校だったと言うことができるようである。

酒場で学んだことは、「のむ」「うつ」「かう」の三つの課目である。「のむ」ということは、戦後の合理的な社会の中で陶酔の気分といったものを私に教えてくれた。酒場の暗い片すみで「生きていくのも私だけ、死んでいくのも私だけ」といった新宿ブルースの味気ない文句をききながら、「いやいや、そんなことはない……ひとりじゃ生きていけるものか」とつぶやく。

酔ってモーローとなった目のなかに、いつでも私を待っていてくれる女のアパートの木の階段がぼんやりと浮かんでくる。酔うと、どんな人間でも人恋しくなってくる。野性の血というよりは、ふだん忘れていた人間的なつながりを思い出させてくれたりするのである。「かう」ということについては、年老いた娼婦が、私にこんなふうに話してくれたことがある。

「買う、といっても本当に買うわけじゃないもんね。第一、持って帰るのにあたしのあそこを包装してヒモで包むってわけにもいかないしね。(と大股をひらいたまま、ハッハッハと笑って)ただ、人間ってのは一度寝ちゃうとなかなか別れたくなくなるもんで、つまりさ、未練なんてものがあるでしょう。それでいつまでもジュクジュクとつきあうってことになる。

ところが、買ったんだと思うと、さっぱりとわかれられるのよ。時間で買うわけだから、時間がすぎると自分のものじゃなくなるわけだしね。さよならの下手な男たちに、さらりとしたわかれ方を教えるのに、買うってことは、いい勉強になるのよ」

花に嵐のたとえもあるさ
さよならだけが人生だ

ところで「うつ」のはどうか？

これは「のむ」「かう」よりも、もっときびしくわれわれの存在感にかかっている、というのが私の考えである。酒を飲まなくても陶酔はできるし、金を媒介にしなくても女と別れることは学べる。だが賭けないものには賭博の実感は味わえないのである。「賭けの心理は娯楽本能から出ているが、その娯楽本能は、生存競争から発生したものである」（W・T・トーマス）。たしかに、よりつよく生きる実感を味わいたいと思うものにとって賭博は、単なるゲームにとどまらない何かである。

賭博は、いわば、人生そのものの凝縮したリフレーンであるとも言えるだろう。マンガで、川のほとりに身投げしにやってきた男が、さきに身投げにやってきている男とばったり会う。

さて、どっちがさきに身投げするかサイコロで決めようということになって、川のほとりにべったりと腰をおろして、サイコロをころがしはじめる。こうした「死」を賭けたゲームは、一体何を意味しているのか、とマンガを見ていた大学生に質問されたことがあった。

「つまり」私は言った。「自分の生とか死とかを、どれだけ客観的に見つめられるかという試練でもあるだろうな」。ポーカーフェイスとか賭博気質といったもののなかには、つねに「醒めて見つめる」という姿勢が要求されている。賭博精神は、どちらかといえば無頼のものではなくて、熱い達観者の思想なのである。兼好法師の「徒然草」をはじめ、ヨハン・ホイジンガの賭博論でさえ、賭博が「男の文化」であることを説いている。

実際、われわれは生活の中でゲームではない賭博をしている。「職選び」「妻選び」「理想選び」から「シャツや上着選び」「雑誌選び」にいたるまで、選ぶことはすべて「賭けること」である。賭けのない人生なんてあるわけがないのであって、J・P・サルトルの説く「アンガジェ」(政治企投)でさえも、その理念の台石になっている「選ぶ」行為は、賭博師のそれと変わることがないのである。

レーシング・フォームをひらいて、出走している多くの馬の中から一頭のサラブレッドを「選ぶ」のと、政治理念をかかげて立候補した多くの政治家たちの中から一人を「選ぶ」のと、どこがちがうのか。

むしろ賭けの規模の大きさにおいては、政治家を「選ぶ」ことのほうが、競馬よりも、はるかに重要なイミを持っているということができるのである。

賭けない男たち、というのは魅力のない男たちである。「スクエア」な彼らは、できるだけ平凡に生きたいと心がける。だが、平凡と彼らが口にするのは「無難に」とか「選択しないですむように」とかいったことと同義なのである。

できるだけ「恍惚《こうこつ》も不安もなく」生き甲斐も心配もなく、平穏無事に生きたいとねがうスリーピーなサラリーマンたち。その一生はなんと味気ないものであるか。たまにスポーツ新聞をひらき、王の打ったホームランを自分の手柄のように思ってみたって、そんなことは自分の人生にとってはなんのイミも持ってやしないのだよ。

彼らは、つねに「選ぶ」ことを恐れる。そして賭けないことを美徳であるかと考えて、他人並みに生きることを幸福であると考えている。（だが、彼らだって自分で気づかずに何度も人生上の賭博をしてきているのであり、ただ自分が勝たなかったということを自覚していないだけなのである）

スクエアな彼らが、私によくきくことの一つに、

「競馬やカードをよくやるそうですが、平均してみると儲かっていますか、損してますか？」

というのがある。

私は思わず失笑する。「平均してみると」とは何事であるか。あるときは勝って喜び、あるときは負けてくやしがるのが人生であり、それを決して「平均」しないところに、一喜一憂の恍惚と不安があるのである。平均して損得勘定するならば、はじめから賭博ではなくて、定期預金にでも入って、少なくても堅実な儲け仕事に熱をあげたほうがいいに決まっているのである。重要なことは「賭博」は、時間的な人生の燃焼であって、実業ではないということである。どんなに儲けていても、その儲けなどは「無常」なものであると

思っているからこそギャンブラーなのであり、それをもって生活計画をたてて、スクエアで「安全な長期保障」を打ち立てようとしたら、たちまち保守思想の虜《とりこ》になってしまうであろう。確率の研究家エミール・ボレルは「賭博者の破産の問題は、長い間学者たちが情熱をもって研究してきた問題である」と書いている。「賭博者の破産は、数学者の予見どおり確実に起こるものであるが、賭けが公平であれば、それは非常に緩慢に起こるのであって、あまり大きすぎない賭けは結局、ほとんど心配ないほどゆっくりしか破産しないものである」

こうした点で、賭博は「物語《ロマン》」によく似ているとも言えるようである。あらゆるロマンは、かなり長くつづいていても、結局、主人公が死ねば終わってしまうのである。

私がする賭博は、競馬とカードが主である。カードはナポレオン、ブリッジ、それにポーカーである。ポーカーはバリエーションが多いので、七、八十種ほどをデーラース・チョイス（親の選択）でやる。

競馬は中央競馬が主であったが、こんど草競馬で馬主になったので、公営にも出かけて行くことになるだろう。私の馬はマサタカラとベッシーの子の三歳で、名前はユリシーズである。（血統的には、ニューベッシーとベッシーが姉妹なので、ことしのダービー戦線を走っているアサデンコウといとこにあたる）ほかにルーレットなどもやるし、ゲームセンターのゲームならたいてい賭けてやる。

だが、私が賭博にもっとも熱中したのは、十年ほど前である。

当時の私は、病院を退院したばかりで、生活のあてもなく、新宿の歌舞伎町の酒場に入りびたっていて、客がカードをするときのデーラーをやっていたことがあった。やがて私はセット・カードを覚えて、ワイルド・ポーカーで、ワイルドを自由に自分に配れるようになった。

私にセット・カードを教えてくれたのは、下田という中年の男で、ポーカーの常連だったが、よく見ると左手の指が三本しかなかった。

「あとの二本は？」

と私が聞くと下田は笑って教えてくれなかった。バーテンが、「下さんは、やくざだからわけがあったんだろう」

といっていたが、そのわけというのがあとになってわかった。ある雨の日、酒場のすみで下田と友人とが、ぼんやりと表通りを見つめていた。

酒場のレコードがもう間もなく終わりかけていて、表通りにはだれもいなかった。

レコードが終わるまでに、この窓の前を何人、人が通るか、と友人が言った。

向こうからこっちに向かって、女が一人歩いてくる。

「だれも来ないね」

と友人が言った。「じゃあ賭けよう」と、下田が言った。

「千円だ」

と友人が言い、下田はちょっと困ったようにポケットをごそごそやっていたが「指だ」と言った。レコードはもう最後のフレーズをうたっていた。

ふいに、こっちに向かってやってきた女に通りをへだてた窓から、だれかが大声で話しかけた。女は立ち止まった。

そしてレコードは終わり、あとには針の音だけがシュルシュルと残ったのである。

翌日、下田の指は三本になっていたが、そのことについて下田はべつに話してくれなかった。


最近、私は白浜温泉の宮森幹男という見も知らぬ二十三歳になる男から、一通の手紙をもらった。「私は今年の二月まで、後楽園のガンコーナーにいた男です」という書き出しでボクシングについて書いたものであった。彼は私が「書を捨てよ、町へ出よう」というエッセー集で書いたボクシング論について反論してきたのである。

「ボクシングがハングリースポーツであることには賛成だし、真に強いボクサーになるためには、憎しみを復権することにも賛成ですが……」と彼は書いていた。「しかし、あなたの友人のファイティング原田などは、どうみても憎悪にみちた現代のボクサーだとは思えない」というのである。

「私はここに飢えと憎しみにみちた一人の、最強のボクサーを押します。彼は最近、牛若丸・原田にだらしなく負けたバンタム級の斎藤勝男です」

宮森君は筑豊のさびれた炭鉱町から家出してきて、ボクサーを志し、汗くさいジムで斎藤勝男といっしょに寝とまりしたことのあることを長い手紙に書き、「彼ならば、きっと桜井にも原田にも勝てる」と書いてあった。

「最近、原田が栄ちゃんこと佐藤首相と握手している写真を新聞でみて、ますます原田がきらいになった」「原田はもう、ハングリーボクサーなんかじゃない」と書いてあった。

だが、斎藤勝男はまだまだ憎しみを残しているから、きっと「一発」大きいことをやらかすだろう、と言うのである。

たしかに、斎藤勝男は美しいフォームをもっている。ファイティング原田との試合でも負けていたとは思えなかった。だが、その斎藤に「賭けている」宮森君のさびしい情熱といったものは、もしかしたら報われないものかもしれないのである。だが「男には、はじめから勝てないと思っていても賭けなければいけないとき」というのもあるのである。

私は、宮森君のこうした賭けに「男の愛」といったものを感ずる。

「あしたになれば、思いがけないことが起こるかもしれない」だから「あした何が起こるかわかってしまったら、あしたまで生きるたのしみがなくなってしまう」のである。

これが賭けというものであろう。

賭博㈡

私は大学生時代にシェストフの書物を愛読した。「人間にとって真理とは、女たちのように、アッという間に年をとってしまって、その魅力を喪失するものであるらしい」（法則と例外）といった言い回しには、賭博《とばく》へ馳《か》りたてる動機がひそんでいたものだからである。

人生には、答えは無数にある。

しかし

質問はたった一度しか出来ない。

初めて賭博をしたときの私は「勝ちたい」とは思わなかった。勝ちたいのではなくて「知りたい」と思ったのである。私自身の恒星の軌道を、運の祝福の有無を、そして自分自身の最も早い未来を「知りたい」。勝負を決めるのは、いわば見えない力の裁きのようなものであって、それは、どう動かすこともできないだろう。だからこそ「知りたい」のであり、賭《か》けてみなければならないと思ったのである。だが、一度賭けただけで、すべてを知ることは出来ない。人生の謎《なぞ》は、一度の賭けで、ちらりと垣間《かいま》見た戸のすきまの暗黒星雲のように、果てしなく深い煙に包まれている。

それでは、アンドロメダを支配する大きな根元の演出者としての神は、いったい、どこに棲《す》み家《か》を持っているのだろうか？


病院を退院したばかりの私は、医者に禁じられた酒を飲むことで、かろうじて気をまぎらわしているのだった。新宿の歌舞伎町の、小さな酒場の片隅《かたすみ》。「子供が病気だ」というありふれたウソで男をだましては金を借りて、それを競馬のノミ屋につぎこんでいる私娼《ししょう》、包茎手術をするための金がほしくて、紀伊國屋で本を万引きしてつかまったバーテン、豚箱入りしたヤクザな夫の「小指のビン詰め」をお守りにして操《みさお》を立てている屋台おでんのおばさん。「ああ、エホバよ。われ深き淵《ふち》より汝《なんじ》をよべり」（詩篇一三〇篇）――の深き淵で、自分の長い冬の終わりを「知りたい」「知りたい」「知りたい」と思い続け、小さな賭博に熱中している人たちにとって、あてに出来るものは偶然だけである。

幸福や不幸は訪れてくるものである（訪れてくるものだ、と思われている）。そして、訪れてくるものは、すべて偶然なるものである。世界の発生は、まさに偶然であり、歴史は、なんの目的を持つものではない。

――「世界は、理性および総《すべ》ての可能性にさからって発生し、存続しているのである」

（シェストフ）

こうした考え方が、歴史をとらえるのに、さほど有効ではないことを私は知っている。人たちは理性と追憶によって万物の根元を追求し、科学による救済といった方向に向かいつつある。

大部分の人たちは「必然」という妄想《もうそう》にとり憑《つ》かれ、シェストフやシュペングラーのかわりに、マルクスやエンゲルスの書物を枕許《まくらもと》に置いて眠るようになり、物質世界が私たちにもたらす変化の大きさに、目をみはるようになっていった。最初の飛行機が命がけで、やっと二、三百ヤード地上から離れてから、まだ百年もたっていないからである。ソープ嬢の桃子などでさえ「日あたりのいいアパートへ引っ越しさえすれば、あたしの性格は変わる」と思っており、ヘアスタイルやモードの変革によって、魂にも新しい日常性が訪れてくるのだ、と信じているのである。たしかに、進歩発達という考え方は理性に裏打ちされた必然の思想である。だが、無限の可能性を提供する物理学が、ほんとうに、現代人を《神のごとくなりつつあるものの》祖先たらしめることができるものだろうか？

科学の「進歩」は、四畳半の安アパートでひとり眠る私娼に、どのような幸福をもたらすか？　そして、万物の軌道が歴史的必然によって推測されてしまったあとでの賭博とは、いったいなにか？

近ごろ、私は電子計算機による「競馬予想」ということに興味を持っている。電子計算機による「競馬予想」は、いわば科学によって偶然を裁くたくらみである。その予想が一つの合理的な法則に到達し、完全な「的中」予想を果たし得たときに、地上から競馬の賭博は姿を消さざるを得なくなってしまうことだろう。

コンピューターの役割は「勝ち馬を推理する」ことではなく、「レースが終わる前に勝ち馬を教える」ということである。それはいわば展開するレースの時間を追い越して、結果だけを先に発表してしまうことであり、しかも、その勝利に「必然性」を見いだすことである。そこには、レースを分析してゆく科学的な大時間だけが存在し、個人個人の選択してゆく運命的な小時間などは、存在しなくなってしまうことが意味されている。コンピューターは、競馬から幸運を奪い取ってしまうことになる。「価値が存在するのは幸運次第であること、私が価値を見いだすのは一《いっ》にかかって幸運にあること。一個の価値は不特定多数の人間の一致点だったのである。幸運だが、そのひとりひとりの人間を活気づけ、和解させてきたのだ」（ジョルジュ・バタイユ『賭けの魅惑』）とすると、科学は私と私を取り巻くものとの和解を妨げることになるだろう。「存在そのものが和解である」というドラマツルギーは影をひそめ、代わって不安のない世界、融和を必要としない事象が顔を現わす。

コンピューターはロマネスクを狙撃《そげき》する工学である。「あした、なにが起こるかわかってしまったら、あしたまで生きてる楽しみがない」というロマネスクは、物理の世界では説得力を持たない。「あした起こること」などは存在しないのであって、「あした引き起こすこと」だけが、肯定されて確実なものとなるわけなのだ。——私は、こうした不安も危機もない未来といったものに、興味を持つことができないでいる。賭けるということは、いわば不安と融和との往復運動のなかで確かめる生の実感のようなものであり、あくまでも測定不能の国境を保ち続ける思想的行為である。ジョルジュ・バタイユは「幸運とは、存在するための技術、これを受け入れる技《わざ》、これを愛する技なのだ」と書いているが、コンピューターに「愛する技」など身につけることができるわけがないのである。

四十三年の第三十五回日本ダービーに関する電子計算機の予想（『ダービー』紙）は、保田騎手のマーチス（父ネヴァービート）が二分二十八秒四で勝つことになっている。そして二着のタケシバオー（父チャイナロック）が二分二十八秒六と、〇・二秒差である。

従来のレコードは、昭和三十八年のメイズイが出した二分二十八秒七であるから、電子計算機は、ダービー一、二着のマーチス、タケシバオーが共に日本レコードで勝つという予想である。ところが、実際のレースは一着がタニノハローモアで二分三十一秒一、二着はタケシバオーで二分三十一秒九、三着はアサカオーで二分三十二秒一であった。（ここでのタイム差は、馬場が稍《やや》重に変わったことが原因である、といわれている。当日の馬場状態は一秒二ほどのタイム差だったと「記録」されているから、馬場さえ良かったら二十秒台のタイムにはなったかもしれない）

しかし、コンピューターは、どうして当日の雨を予知することができなかったのであろう。

雨が降る、という小さな事件は、気象変化という名の科学的必然ではなくて、ほんの「偶然」だったというのだろうか？　私たちは身にかかってくる大部分のことを「科学を介して理性的認識に還元してきて」いる。しかし、理性が届かない確率論の外の世界といったものが、気まぐれな幸運と手を取り合っているということを、どのようにとらえればいいのだろうか？

ゲートがあいてタニノハローモアが出た。メイジシローかカドマスがゆくと思われていた「展開の予想」がくずれたのは、大レースが個々の馬の脚質や騎手の性格をこえて、一つの力学を醸《かも》し出すということを物語っていた。数の増大は、ボードレールの詩のように「思いがけない陶酔」を生む。それは、理性的認識ではとらえがたい、いわば集合体の自発性のようなものである。

二コーナーを回って、タニノハローモアがスロー・ペースでハナを切っていたときに、どの騎手も「まだ大丈夫だ」と思っていたことだろう。実際、タニノハローモアのペースは四十八秒九―五十秒八といった、ゆっくりしたものでありながら、差け三馬身と開いていたのである。騎手の宮本自身も、この思いがけないマイペースに驚いたらしいが、「ともかくハナに立ってゆく」という、いわば作戦より美的決意のようなものが、結果としては、最後の二百メートルに十四秒もかかるというアラブなみの時計で、五馬身差でダービーを逃げ切るという大番狂わせになったのであった。マーチスの保田は「第二コーナーで、タマモチカラにのっかってしまった」といい、アサカオーの加賀は「第三コーナーで足をとられて、のめった」といっている。ジンライの笹倉は「四コーナーで前がふさがって出られなかった」というわけである。

こうしたいくつかのアクシデントを、理性はどのようにして予測するか？　コンピューターが、アサカオーの「のめる」ことをデータのなかに加えることは、どのように可能なのか？

タニノハローモアの宮本は「幸運でした」といっている。だが、その幸運は結局、思想の展開の埒外《らちがい》においてしか、とらえられるものではなかった。「まだいい」と思ったレース半ばの森安弘の判断は、確率論的には決して間違っていなかったはずだからである。そして、競馬においては「強い者が勝つ」という論理は通用などしない――本質が存在に先行するならば、賭けたり選んだりすることは無用だからである。「勝ったから強い」のであり、存在は本質に先行するからこそ、人は「存在するための技術」を求めてやまないのである。「汚されない幸運などは存在しない。亀裂《きれつ》のない美は存在しない。完璧《かんぺき》な幸運、完璧な美とは、もはや幸運でも美でもなくて規則である。幸運への欲望は、私たちにあっては一本の痛む歯のようなものだ。同時にそれは、その反対物でもある。つまりそれは、不幸というものの混沌《こんとん》とした内奥を欲するのである」（ジョルジュ・バタイユ『賭けの魅惑』）

第二十九回オークスにおいてコンピューターを裏切ったのは、一つはハードウエイの当日輸送中の事故であり、もう一つはヤマトダケのフライング事故である。この二つの「偶然」に加えて、ルピナスの中野渡の思い切った「作戦」が重馬場においてコンピューターよりも一秒二ほどのタイム差で、一着ルピナス、二着スズガーベラ、三着マルシゲという穴レースになった。

コンピューターにとって、ハードウエイの交通事故による出走取り消しが予測できなかったのであるから、レース展開も当然ハードウエイ中心に予想されていたものと思われる。そのために、当然、他馬との関数的なレースの法則もくずれて、番狂わせになってしまったのである。さらに逃げに随一の実力を持つパーソロンの子のヤマトダケが、フライングで一頭だけ先に飛び出してしまって、一コーナーを曲がるところから引き返してきて、二度レースをすることになり――その「偶然」によってテンのペースは違ったものになった。

いつもなら、直線半ばまで粘るはずのヤマトダケが三コーナーでバテてしまったために、スズガーベラが「予定よりも早く」ハナに立ってしまい、その分だけ、あとから来たルピナスの目標になって、競《せ》り落とされる結果になってしまったのである。

出遅れてオークスを勝つという「幸運」を得たルピナスの中野渡は、「スタートのミスがなかったら、好位につけて、もっと楽なレースをして勝てた」といっているが、長いあいだ逃げ一辺倒できたルピナスが、すんなり出た場合には、同じ展開になったとは思えない。ここで勝敗を分けたものは、コンピューターによる「理性的認識」ではなくて、悟性の限界を暴力的に超《こ》えていった、見えない偶然を支配する力である。

福島大賞典は、一着ダーリングヒメ、二着クリロイスで、良馬場でタイムは二分五秒二であった。このタイム差は、レースが各馬を全能力で走らせるのではなくて、それ自体のなかに因果律をはらんでいるものだ、ということを物語っている。コンピューターの予想をもってするならば、二分五秒二の勝ちタイムはシュツロスベルガーでもスガトモユキでも可能なものであるから、大荒れしてもよかったのだが、結局は人気通りにダーリングヒメ、クリロイスとおさまっている。

私たちは競馬新聞を買ってきて、レースの予想をするとき、常に理性的認識の力で勝ち馬を推理しようとしすぎるのではあるまいか？

血統、持ちタイム、展開、ハンディといった新聞のデータは、すべてコンピューターの予想と同じ方位をめざしている、一つの必然性志向の現われである。それは、人間が知らず知らずのうちに幸運の外へはみ出していって、「賭けないですましたい」と思う情熱の怠惰の現われである。予想紙はできるだけ「偶然」を排そうとこころがけ、幸運や不運に支配されないような必勝の原理を捜し当てようとするポーズを示す。そのくせ、本心では「必勝法」などありえないことを、ひそかに希《のぞ》んでいるのである。この矛盾は、実は科学という迷信におびえる時代の影の現われである。

必勝を獲得し、偶然を排したとき、人は「幸運」に見捨てられ、美に措てられる。「幸運は美以上のものである。だが、美はおのれの光輝を幸運から得ている」（ジョルジュ・バタイユ）だからこそ、私たちが賭博者として「競馬の美学」を樹立しようとするならば、危機と不安のなかで、常にコンピューターの論理との葛藤《かっとう》の時を惜しんではならないのである。

レースを成り立たせるのは、ファンの魂のなかの「エロス的な現実」である。

それは、ファンの空想のなかに、あらかじめ組み立てられた一つのレースと、現実原則によって規定されたホンモノのレースとのあいだに横たわる「時」の差である。

人は、その「時」の差に賭けるといってもいいだろう。一つの、あらかじめ想起された現実、メイジシローとカドマスがハナに立って、それにタケシバオーがぴったりとついてゆく——といった「展開」から見れば、内枠《うちわく》で思いがけず好スタートを切って、ハナに立ってしまったタニノハローモアを、だれもが軽視したというのは「偶然」かもしれない。しかし、それは予想されていた必然法則を前提として考えるからこそ「偶然」なのであって、引き起こされるすべての現実、すべての存在は、予想を媒体とせぬかぎりは、必然だともいえるのである。そこで、私は現実原則によって支配される「確かな現実」、「存在した現実」よりも、常にあいまいに空想されている「エロス的な現実」「無意識的な現実」のほうに、競馬賭博の楽しみを見いだす。

すべてのファンは、自らの脳裡《のうり》に「幻のレース」を思い浮かべることによって、幸運への時の回路を辿《たど》るのである。この「幻想の展開」は、決してホンモノのレースの水先案内人にはならない。現実原則によるレースのための準備工作もしない——ホンモノのレースが始まった瞬間にあとかたもなく消えてしまって、証拠物件としての馬券だけを残すにすぎないのである。馬券とは、いわば彼の幻想のレースの思い出である。たまたま「エロス的現実」と「原則的現実」との一致があって、思い出は金に「こと」は「もの」に変わる。それは苦い勝利と覚醒《かくせい》の瞬間であり、同時に現実には償《むく》いられた富の瞬間である。

だが、「このエロス的現実」を仮構する楽しみをコンピューターにおびやかされることは、せつないことである。コンピューターが資料にするのは、常に「存在した現実」「確かな過去」であるにすぎず、たかだか記憶によるレースの「再現」にすぎないからである。

去りゆく一切は比喩《ひゆ》にすぎない。

と、オスワルト・シュペングラーは書いているが「比喩」を理性的認識の根元に据えてゆくコンピューターの競馬予想は、過去という名の異国に、まだ走らない馬たちを閉じこめてしまうことになるだろう。私は、過去に故郷を見いだそうとする歴史科学との絶縁だけが、競馬のなかに魂の交響性を見いだす術《すべ》ではないかと考える。レーシング・フォームは、もっと資料主義を廃して、空想に憑《つ》かれねばならない。

そして「エロス的現実」のなかで(百万人のファンの幻想のなかで、百万の違ったレース展開を持つダービーが行なわれた時にこそ)、幸運は一つの時代に明るい光の矢となって降りそそぐことになるであろう。(過去を故郷とは呼ぶな)

政治

土曜日の夜の楽しみは、競馬新聞の早刷り版をポケットに入れたまま、場末の深夜映画館で見る東映のヤクザ映画である。

高倉健が「男には一生に一度ぐらい、負けるとわかってる戦いに出かけて行かなきゃなんねえ時があるんだ」と言い捨てて、権力者への、非合理で勝ち目のない喧嘩《けんか》に出かけてゆく。やがてスクリーンには総天然色の血しぶきが飛び散るのである。

深夜映画の主人公たちは、たいてい、反抗するときは一人か（たとえ組織に属していても）、仲間を巻き込むまいとするか、どっちかであるから、これはグループ・パワーを必要としている時代感情を反映しているとはいえないだろう。

それなのに、東映深夜映画が大衆の圧倒的な支持を受けているのはなぜか？

中学時代に、港の近くのボクシング・ジムへ通っていた私に「暴力はいいが、権力はいけないよ」と教えてくれたのは、朝鮮人の李さんであった。しかし、長い間私は、権力と暴力とが、どう違っているのかを知ることが出来なかったし、知ろうともしなかった。

上京して何年かたって、東京・新宿の歌舞伎町の酒場でアルバイトをしていたころ、近所の古本屋で見つけたソレルの書物で「力が上から下へ働く時に権力となり、下から上に働く時には暴力となるのだ」と書いてあるのを読んで、私は、なるほどと合点した。上とか下とかいうのは、単に階級のことだけではなく、体制と反体制の論理でもあり、パワーの規模の問題でもあるのだろう。

一度、私と同年配の極東組員に「そんなにヤクザ映画が好きなら、いっそ組にはいったらどうだ？」と誘われたことがある。その時、私は「愚連隊ってのは、隊だということが性に合わないんだ」といったのを覚えている。「特定の隊を作って、反抗を集団化してゆく時に、なんだか、すり切れちゃうものがあるような気がするんだ。愚連隊という特別の集団が必要なんじゃなく、一億総ヤクザ化してゆき、決してパワーなんかにならないってことが、人間的なんだと思うよ」

反戦青年委員会の今日的な特色は、従来の組織観で見れば、きわめてアイマイだ、その実数も一万人くらいといわれるが、はっきりしたことはわからない、ということである。たしかなことは、その数がどんどんふえていっている、ということくらいのものだ。

その沿革は、六五年の日韓闘争のさなかに、総評青対部、社会党青対部、社青同の三者が中心になって『ベトナム戦争反対、日韓条約批准を阻止するための青年委員会』という名のもとに、民主組織や青年団体に呼びかけた時から始まった。だが当初は、どちらかといえば人単位ではなく団体単位で、中央単産が上から動員してゆくという方向にあり、いわゆる団体共闘的な性格が強く、それが日韓闘争の敗北とともに、少しずつ退潮していった。

「日韓が消えて、ベトナムだけが残り、初めのうちのベトナム反戦活動は、トランジスタ－ラジオを送ったり、医薬品を送ったりするような支援活動や、意思表示だったのが、次第に〈内なるベトナム〉との戦いとして認識され始めた」（埼玉反戦青年委員会事務局長・村上明夫）のである。

六七年から六八年へかけて、反戦青年委員会が次第に盛り上がりを見せ、羽田、佐世保、横須賀、王子、成田と、彼ら自身が「闘争の渡り鳥」というような根拠地の増殖をしていったことの背後には、彼らの闘争目標が〈内なるベトナム〉に絞られたことのせいだった、とばかりはいえないものがある。反戦青年委員会が、自らの反戦行動を「自由参加」にし、個人としての主体性を重んじたところに、この自立組織の伸長のもとがあるように思われるからである。

毎日の、おもしろくない仕事。職場での味気ない生活と、生き甲斐《がい》を見失いそうになる日常性。そうしたもののなかで、無名のとるに足らないと思われているサラリーマンや労働者が、突然に「月光仮面に変身するチャンス」を持てるというところが、この自立組織の一つの特色である。

昭和四十三年の10・21事件で新宿駅のプラットホームに飛び降り、学生と機動隊のあいだに飛び散る血を浴びながら反戦を叫び（その時にこそ、生の充足を感じながら）、ケガしてしまい、翌日はケロリとした顔で職場では、

「自転車から落っこちて、ケガしたんだ」

とウソをつく。

そのウソの背後には、自分には「もう一つの生活」があるのだという、ひそかな自信があって、それが彼の反権力意識や自由への衝動を、単なる〈内なるベトナム〉との戦い以上のものにまでエスカレーションしているのである。

実際、寒い冬の豚箱入りした反戦労働者をかばって、友人が、

「彼は故郷へ帰っている」

と、勤め先をあざむいていたところ、その寮に刑事がたずねてきてウソがバレてしまい、かばってやった友人までも解雇されてしまった、というエピソードもあるが、こうした時に職場を離れてゆく彼が、もはや、労働と反戦運動とを使い分けてゆく二重生活者としてではなく、一人の「反抗的人間」としての統一的な選択を、人生のなかに持たざるを得なくなるのである。

反戦青年委員会は、いわば相対的平和に突きつけられた疑問符のようなものである。ソープランドの桃ちゃんにとってベトナム戦争とはなにか？　高野刑事部長にとってベトナム戦争とはなにか？　ジャイアンツの王にとってベトナム戦争とはなにか？　じゅんとネネにとって……、海洋学者にとって……、ニコニコ質屋にとって……、全電通労働者にとってベトナム戦争とはなにか？　といったことを、それぞれの生き甲斐とのかかわり合いでとらえた時にだけ、彼らはより大きな社会性を獲得することになるだろう。それは、国家の〈内なるベトナム〉から魂の〈内なるベトナム〉へと、フォーカスを絞りあげてゆく作業にもかかっている。

反戦青年委員会は、今日に至ってようやく、中央単産の上からの動員などを問題としなくなってきている。それは労働組合への幻想を振り切ったところに、自分たちの場を設定するようになってきたからである。「いまの組合じゃ、はいっていますというだけで、なんにもなっていない」という北島三郎ファンの鉄道員の言葉は、実は重要なのだ。

「おまえのところから、十人デモをかけてくれ、という指令がくるんです。そこでクジ引きして、当たって出かけてゆくんですが、前のほうで全学連がハネてるなんて聞いて、こわごわと遠くから見ていて、日当もらって帰ってくる。たまには、おれもゲバ棒持って、いい格好したいな、なんて思うこともありますが、ケガしたって組合は、なにもしてくれませんからね。結局、日当でおばあちゃんにみやげ買って、家へ帰るだけですよ」

こうした組合員によって成り立っている愛される組合活動の小市民性、といったことに飽きたりない人たち、組合デモで市民の後方をヨタヨタしているのではなく、最前線に立って、歴史のなまなましい切断面を見、その変革の証人になりたいと思う人たちによって、反戦青年委員会は維持されている。だが、その現実は、彼らの「社会党の青年党員としての、やむにやまれぬ反戦活動」とか「議会政治だけでは変革できない部分への切り込み」といった大義名分、「下り坂の社会党を盛り返すための各自の内的な覚醒《かくせい》共闘」といった意図にもかかわらず、次第にグループとしてのパワーを管理されかけようとしている。

それは、たとえば社会党、総評らの七〇年安保への共闘プログラムのなかに「反戦青年委員会を加えない」という方針のなかにも見られるものである。「会」ならば「会」らしく組織のスジを通せ、という反体制パワーのなかで反戦青年委員会はオミットされてゆく。

「なぜ、反戦青年委員会の加盟を認めないのか?」

と、私は総評の岩井事務局長に聞いてみた。彼は答えた。「彼らは三派全学連をオブザーバーとしていますからね。あれを整理しろ、といってるんですよ。われわれは、三派の闘争方式を認めていませんからね——。総評、社会党、共産党を打倒目標にしているグループを、オブザーバーに加えて共闘もできん、といっているのですよ」

下り坂の社会党＝総評のなかから生まれて、それを内から変革してゆこうとめざし、それを個人の主体性の領域まで絞りあげてきたところでの、この上からのシメツケは、彼らを苦しい立場に追い込んでゆくことになるだろう。議会政治だけでの革命は不可能だと了解し合いながらも、まだ大衆に愛されたい、票を集めたい、だからこそ三派全学連との関係を断ち切ってしまいたいとする総評＝社会党ラインと、やむにやまれず、三派の助っ人《すけと》化してゆく反戦青年委員会とのあいだには、大きな断層が生まれようとしている。

反戦青年委員会は、たとえば佐世保では、包囲されかけた三派の学生たちの背後にすわり込んで、非武装のまま機動隊の攻撃のバリケードとなった。そこで学生たちは「後ろを心配せずに、前方とだけ交戦していればよかった」というのである。彼らは、闘争の現場での流れ解散などもしなければ、日当も出ない。ただ「反戦」の名のもとに、渡り鳥のように佐世保、王子、成田と、ところを変えながら、その数を増してきたのである。

少年時代、私はクラウゼウィッツの『戦争論』を愛読した。私は、終わってしまった戦争を惜しみ、あさはかにも「一人で戦争を引き起こすことは可能か」という長詩を書いた。一人で戦争を引き起こしたいというのは、いわば古代帝国時代へのあこがれであって、

「国家論」を持たない世代の妄想にすぎないだろう。しかし、一人で……という発想には、パワーぎらいの心情がこめられているのであって、「古代世界におけるアレクサンドリア図書館の放火事件は、一人の男に宿った途方もない虚栄心が、一夜にして人類の文明史上に恐るべき災厄をもたらしうる」（永井陽之助）時代が、かつては存在していたことへの郷愁である。無論、一人で戦争は引き起こすことはできない。平和を取り戻すためには、戦争を引き起こすパワーを、はるかに上回るパワーが必要だということは、目に見えているのである。

千葉の三里塚、冬のなかで傾きかけたボロ小屋がある。通称「団結小屋」と呼ばれるものである。そこにいま、たった一人の青年がたてこもって、寒さに耐えながら反戦活動をしている。小屋の裏口には大関、仁勇といった酒の一升ビンがころがっていて、なかには裸電球が一つぶら下がっているだけである。

青年の名は村上信義（社会党オルグ・葛飾反戦青年委員会）といって、武蔵野美大出身のことし二十一歳、「団結小屋」にがんばり始めてから、もう三か月にもなる。彼はここでパトロールして、公団側がやってきたらすぐに農民たちと連絡をとって「追い出す」というわけだ。壁には「希望のない今日よりも、絶望の明日を！」と、なぐり書きしてあるのが印象的だ。

「三里塚の農民たちの土地に対する執着は、たいへん保守的なものである。故郷なんてものを捨てた時に、初めて人間は自由になれると思うが、どうか？」

と私が聞くと、村上は「三里塚闘争を、農民と土地の問題としてだけ考えると、保守的なものだということになるでしょう」と答えた。「しかし、これは政治の問題なのです。ここにできる空港にはジャンボーやコンコルドといった超大型、超音速のジェット機が持ち込まれることになっている。ＳＳＴジェットなんてのは、重爆撃用ですよ」

「しかし、農民の土着信仰を軍備反対のイデオロギー闘争に利用するのは、どんなものだろうか？　彼らの自分の土地という感覚こそは、危険なナショナリズムの母となるのではないか」

「たぶん」

と村上はいった。

「しかし、生活している人たちが、あっちへ行け、こっちへ行けといわれるのは愉快なことではないのです。これは誇りの問題でもあります」

「たとえ、それが農村の近代化のために必要なゆがみだとしてもか？」

「そうじゃあないですよ。歴史的な発展が人間全体のためならば、問題は起きませんよ。特定の資本家の利益のために人間が、あっちへ行け、こっちへ行けといわれることに抗議しているんです」

小屋には成田行きのバスの時刻表、「泣くな負けるな社青同」という旗。そして麦わら帽子と、小山弘健の『日本共産党史』、それに電気ガマ、マナイタ、漫画雑誌『ガロ』などがある。『ガロ』の英雄、白土三平の影丸のように、農民の味方として寒い小屋にたてこもっている村上にとって、青春とはいったい、なんだろうか？　村上は「この闘争によって、農民がより生産的になった」と戸村委員長の「生産闘争論」を裏づけるが、村上自身は、うっすらと伸びた無精ひげのなかで、女のことや絵のこと、自らの内なる生産をどのように考えるのだろうか？　それとも、だれかが犠牲にならぬ限り、平和は手にはいらないものなのだろうか？

「この闘争の成果は、字を書けない農民たちまでが、ウソ字まじりのプラカードを書いて抗議に立ち上がった、ということでもあります」と村上はいう。だが、私はウソ字のプラカードを見ると、なぜか腹立たしいものを感じるのである。「自分が書いた字が、もしかして間違っているのではないかという疑いを持つためにも、闘争の意味があるのではないのか？」と私はいう。

寒い風が吹き始める。「反戦」への道は決してナマやさしくはないだろう。死んでゆく兵士にとって、成田の農村でふえてゆく農作物の収穫高とは、なにか？　村上の灰色の冬とは、なんだろうか？

どれだけ人が死んだら
平和な日がくるの？

どれだけ花がとんだら
戦いがすむの？

自分たちの反戦活動は、だれにもさし図されずに自立的にやってゆくのだ、といいながらも、反戦青年委員会は、いま三重に疎外されている。一つは体制側からの疎外であり、二つは反体制側からの疎外であり、三つは自らの個人生活からの疎外である。反戦青年委員会がありながら「反戦中年委員会」や「反戦老年委員会」がないところに、今日の反戦運動のウイーク・ポイントがある、ということに着目する必要がある。

「おまえらは、オレにゲバ棒持てなんていうが、オレは家に帰れば女房子供が腹減らして待ってるんだ」と労働者はいう。今日の組合争議は「労働は過酷なものとあきらめて、その見返りとしての賃金をふやしてもらう」という「金よこせ」運動である。

そして、その背後には「テレビと電気洗たく機をほしがっている」妻や子供が待っている。

「死ぬ気で働く」という言葉に代表されるような労働へのマゾヒズムは、むしろ滑稽《こっけい》であり、変革につながるものとは思われない。

だが、大部分の労働者たちは自らの労働に疑問を持っていない。自分が労働によって、はるかなベトナム戦争の加害者になっている、ということに気づいた労働者でさえ、自分の仕事が「楽しいか」「これしかない唯一の仕事か」という自問は、おろそかにしている。

なぜ働くか？　と問われると、「生活のため」であり、生活とはなにか？　と問われると、ミソ汁の湯気と赤ん坊と、妻の顔を思い浮かべる。それは、生き甲斐を思想化することをあきらめたことであり、いわば、マイホーム中心の保守的な平和運動にすぎないのである。（反戦中年委員会ができないのは、中年労働者に家庭があるからであり、反戦青年委員会が創造的なのは、家庭を持つ前だからだとしたら、政治的な反体制運動に全力を注ぐ前に、自分の〈内なる体制〉を倒すことをこそ急ぐべきではないだろうか？）

　果たして一夫一婦制のマイホームが生き甲斐の中心になりうるか、「家」のなかの老人たちの孤独をどのように救済してゆくか、多くの女と寝てみたいという欲望を、どのように管理したらいいのか？「話し相手」のない人たち、何事にも無感動になってしまった人たちを救済してゆくのに、政治活動だけが有効なのか？「殺すな」という反戦バッジが売れずに、テレビのなかで一日数十人の俳優が殺されてゆくのはなぜか？――〈好《す》いた女房に三下り半を……と歌った『妻恋道中』の心で、革命に臨めというアジテーションなどをしているのではなく、労働そのものを通して、生き甲斐の思想化を急げといいたいのである。

　それを果たしてこそ、反戦青年委員会の青年が中年になっても、反権力の志が持続できるに違いないし、三つめの疎外の克服を通して、七〇年以後も戦いを持続できることだろう。

反読書

どういうものか、私は新聞の片隅《かたすみ》が好きである。「ヒロシ　話ついた帰れ　父」といった尋ね人の広告から、人生相談、ガス自殺したセールスマンの記事、そして、お断わりと訂正。

これらは時間の割れ目から、かすかに洩《も》れこんでくる光であって、背後には取材不能に近い、大暗黒の「どん底劇」が渦を巻いていることを暗示している。アメリカを旅行していたころの私は、アンダーグラウンドの小新聞を買ってきては、その紙面のほぼ半分を占める、こうした「片隅」的情報をスパイすることを楽しみにしていたものであった。「夫婦を交換しましょう」という広告を出したスミス氏とは、いったい何者なのか？「男同士の永続的友情を望む」という広告を出した三十六歳の、郵便番号ハリウッド二九一二の男の家庭は、いったいどのように保たれているのか？　毎号きまって、ただ「Revolution」とだけ出し、名前もアドレスも不明の広告主は、なにを狙《ねら》っているのか？

エスタブリッシュメント（既存体制と、それに満足している人々）を読者に持つ、わが国の大新聞には、こうしたミステリーの露出傾向はあまり見られない。だからこそ、何気ない一行のお断わりや訂正の背後に、見えない政治や犯罪、そして人道的配慮をかぎだす楽しみが倍増するというわけなのである。ある朝、ドラッグ・ストアで、コーヒーを飲みながら新聞の競馬記事を読んでいたら、隣で並んで新聞を読んでいた長距離トラックの運転手の深沢が、

「ロマン・ロランってなんだね？」と聞いた。

「フランスの小説家だろう。それがどうかしたのか？」

と私が答えた。

「いやあ、よくロマン・ロラン研究会だの、友の会だのってのが催し物欄に載ってるからね。なんだろう、と思ったんだ」

そういえば……と私も思った。新聞の催し物の欄に、いつも出ている「ロマン・ロランと現代の会」の案内に、気がついていないわけではなかったのである。もう何年もの間、一人の小説家について話し合う会とは、どこか謎《なぞ》めいた気がする。しかも、それがただの読書会ではなくて、「友の会」「研究会」「現代の会」となると、ますます曰《いわ》くがありそうだ。いったいロマン・ロランの幻影は、私たちの時代にどのような「組織」を構想しているのだろうか。

全国にいくつかあるなかから、私は東京の「ロマン・ロランと現代の会」を選び出し、その例会に出席することにした。ぼんやりと思い出してみると、私とロマン・ロランとの出会いは、少年時代のことであって、それは北国の青い空と、学校の図書室、そしていく

つかの、ボーダーラインをひいたフレーズの記憶にとどまっている。

「ああ、復活の前に死があるね」

という『ピエールとリュース』のなかの一行が、しばしば口をついて出てくることはあったが、それは私の名台詞《せりふ》を引用したがる癖のようなもので、深く心臓に突き刺さっている、というほどのものでもなかった。友人たちが、よく「ジャンクリ」とか「ミセタマ」といっていた『ジャン・クリストフ』も『魅せられたる魂』も、私には退屈な書物であって、ほんの一夏ほど書架に置いたあとで、古本屋へ売りとばしてしまったものにすぎなかったのである。例会に出席してみると、会場はビルの二階の会議室で、すでにセーラー服の女学生が二人、岩波文庫を開いて、かたくなってすわっていた。ほかに、ベレー帽をかむった若い女、そして幹事。入り口には「会員に限り割り引き」というロマン・ロランの著作と、ロマン・ロランの伝記。そして、今月のテーマは、ロランの社会評論『戦いを超《こ》えて』となっていた。

「いつものように、始める前にこの一か月に起こった社会的な出来事について、自由なディスカッションをしたいと思います」と司会者がいい、幹事のあいだで拡大パリ会談、ニクソン米大統領の就任、そして沖縄問題などについてのやりとりが行なわれた。なかでも議論は沖縄のゼネスト中止をめぐって、「ゼネストは、やるべきであった。屋良さんには、佐藤なんかと、たびたび会ってもらいたくない」という意見と、「しかし、ゼネストをやったとしても、それ以後の見通しは、きわめてあいまいだった」という意見とに分かれ、いささか激しい口調での応酬が続いたところで、司会者が「この問題についてどうですか?」と、他の出席者に発言を求めると、一人が「私は十七歳の女子高校生で、まだ『ジャン・クリストフ』を半分までしか読んでいないのですが……」と前置きしていった。

「私には、なにが青春なのかよくわかっていないのです。ところが『ジャン・クリストフ』を読んでいると、生きるってことはすばらしいな、ということだけはよくわかる。圧倒されるようなバイタリティーを感じるんですね。どうせ生きるなら、なにかを信じて生きたい。でも、キリスト教では駄目《だめ》だって思ったんです。ベトナム戦争の写真で、十字架にすがっている被災者を見ていたら、そんな気がしたんです」

三十分ほど自由なディスカッションがあったあとで、報告者がテーマの『戦いを超えて』について話し始めるころから、会は「研究会」的な色彩を強めてきた。報告者は、ロマン・ロランの『戦いを超えて』をめくりながら「七十二ページの上段の真ん中を見てください」とか「そのへんの問題を、さらってみたい」とか、「ですねッ」という教師の口調をまじえて、ロマン・ロランの「恨みを感じない」「復讐心《ふくしゅうしん》を持たない」「罪を憎んで人を憎まない」精神の高さ、といったことについて「報告」し、それに出席者たちから質問が出されたのだった。

たとえば、いまの報告には「戦い」の歴史的な意味がネグレクトされているが、ここには『戦時の日記』を読まねばわからない問題があるとか、「そのへんに、もっとさわってほしかった」といった批評が出てきた。

印象からいえば、これは読書サークルの月例会といったところであるが、しかし何年も「七十二ページの上段の真ん中を見てください」といったことを繰り返してゆくだけのエネルギーがひそんでいるとしたら、それはロマン・ロラン文学そのものではなくて、ロマン・ロラン読者に共通している、真面目《スクエア》さということに尽きるだろう。それを一口に、集団信仰と言い切ってしまうことは出来ないが、しかし、この会の人たちとロマン・ロランの文学をつなぐ回路は、まさに「救済」といったことだと思われる……。「心のすべてをこめて抱擁《ほうよう》します。あなた方みんなを抱きしめます」(ロマン・ロラン『フィレンツェにて、母への手紙』)

「ロマン・ロランと現代の会」には、二つのサイクルがある。一つは、会を運営してゆくロマン・ロラン研究家たちの意図を越え、ロランの文学をも越えた時点での「相互救済」的性格である。貧しい女子工員にとって、友だちのいないセーラー服の女学生にとって、うだつのあがらないサラリーマンにとって、ロマン・ロランを読むことを共通体験とした者同士の相互のいたわりは、いわば「心の花束交換」といった会の印象を強める。ロマン・ロランの読書に共通するタイプ、たとえば、それは「日本中には僕と同じ人々が、なんと多くいることでしょう。その人々のために僕は感謝せねばならない」(18歳・建築設計者）、「ありがたいことは明日があることだ――これが、とりもなおさず青春であり、若さなのであろう。そして僕もそう信じている一人だが……」（19歳・学生）、「私は精神的危機に陥っていて身動きできないでいる状態でした。彼に（注＝ジャン・クリストフに）出会ったことは救いでした」（19歳・学生）、「私のロマン・ロランへの傾倒ぶりは友人の間でも有名です。ロランは誠実に生きることと、戦うことを私に教えてくれました」（25歳・大学院生）、といったロランの出版物への読者カード（みすず書房提供による）にも見られるし、現代の会の会員にみられる「聖書がわりに毎日三時間ずつロランを読む」会員や、「毎日、写真集を見ている」ような心の孤独な猟人たちにも共通するものである。しかし、こうした「救済」を会のなかの相互的なものから、対社会的に開いてゆこうとする意図がないわけではない。たとえ、その内情が女学生や自信を失いかけている若者たちの「ロマン・ロラン・ファンの勉強会」にすぎないとしても、会そのものが行動的であるためには、もう一つのサイクル――外へ向けたサイクルを持つことによって展望《パースペクティブ》が、くっくりときわ立ってくることになるからである。「ロマン・ロランと現代の会」は、一九六八年のベトナム反戦のための市民デモ、六・一五集会の実行委員会に参加している。

ここでは、ベ平連や新日本文学会、反戦青年委員会と並んで「ロマン・ロランと現代の会」が、時代の「救済」にまでロランの思想を実践しようとした高い意図を感じることができるが、同時に、ロマン・ロランという共有の幻想を持った見知らぬ人たちが、市民運動という、政治の次元でしか行動できなかったのか？　という不満も残るのである。

「ロマン・ロランと現代の会」の会員である加藤さんは、大企業の労務課のBGである。彼女がロマン・ロランと出会ったのは、ある一行のフレーズが彼女の悩みに一条の光を与えてくれたからだ、ということであった。

「どんなフレーズだった？」

と私が聞くと、彼女は『ジャン・クリストフ』のページを繰りながら、「そのころはキリストを信じて、教会に行ったんです。でも、ほんとはいろんな矛盾を感じていました」といって、二百六十八ページ（河出書房版）を開いてみせてくれた。

そこに鉛筆で傍線を引いてあるのは、

「彼は信じているのか？　信じていると信じているだけのことなのか？」という個所であった。このフレーズは、私には何物をも感じさせない。しかし、書物と人生との出会いは、しばしば偶然のものであり、だからこそ、たった一行の詩句で人が死んだりすることもあるのである。まったく、思いがけない一行でも、それが、だれかに行動の機会を作ることが出来たとしたら、一行の作者の意図など問題にならないことだろう。読書にとっては「作家論」などより「読者論」のほうが、はるかに重大だからである。

「で、あなたはいつまでロマン・ロランの読者で居続けるつもりなんですか？」と私は聞いた。

「ずうっと、一生です」と彼女は答えた。

「ロランの求めていた真実と自由を私も求めていますから」

「しかし、真実とか自由とかいった言葉そのものへ、疑いを持つ日がやってくるかも知れないでしょう」

と私はいった。彼女は答えなかった。

「書物との一夫一妻主義だなんて、すっきりしないなあ」と私はいった。

国電が遠くを走りすぎていった。「いつか、ロマン・ロランを捨てなければいけない時がやってきて、その時はじめて、あなたの人生にとって『書物』ってなんだったのか、ってことが問い直されることになると思うね」

実際、人間は血の詰まったただの袋にすぎない、とフランツ・カフカはいったが、こうした認識に従えば、書物なども、印刷されたただの紙にすぎないし、叙事詩なども、たかが配列か、音声学的な「声」にすぎないのである。それらに意味を与えてゆく思想というものは、きわめて時間的なものであり、たとえば草の上に開いてある書物に、雲の翳《かげ》がゆっくりと過ぎてゆくようなものである。

「そうでしょう、加藤さん」

と私はいった。「書物」からの離乳、『ジャン・クリストフ』からの離乳、『チボー家の人々』からの離乳、『トニオ・クレーゲル』や『ペーター・カーメンチント』からの離乳ということが、あなたに、書物以後の世界というものを教えてくれることになるんだ。フォックス・トロットの地獄の足の運び、ミディアムに焼いた一片の肉の味覚。

私がまだ今よりも若く、叙情詩を書いていたころ、私は自分の書く詩のなかに、一軒の自分の家と、少しばかりの青草と、放牧の牛を持っていた。私は、上京して貧しい下宿暮らしをしながらも、現実だと思っているのが虚構で、虚構だと思っている自分の詩が現実なのだ——と自負していた。それは、Stand for（代理の世界）に生きることであり、私の将来には眼鏡と教養と人間ぎらいとが約束されていたのであった。

ところが、ある日、私は芝浦の食肉市場の近くの食堂で、子供に「動物図鑑」をめくってやっている一人の食肉解体労働者の前掛けに、しぶきのように散っている汚点が、牛の血だと知ってから、自分のなかの叙情詩と食肉市場の交差点を見失ってしまったのである。現実原則ばかり信じていると、生き甲斐《がい》がなになのかわからなくなってしまうし、かといって空想原則、叙情詩のマイホームで充足していると、歴史にしっぺ返しを食わされることになってしまうだろう。大切なのは、食堂でスキヤキを食っている私たちが動物の解体に加担しているという意識、動物解体責任といったものに根ざしたところから叙情してゆくということであり、そのためには現実に「家出」するだけではなく、叙情詩のなかからも「家出」して、この二つの世界を飽くなく往復運動を繰り返してゆく思想的遊牧民になることであり、それなしでは自立も、選択の自由もうしなってしまうことになるのである。

私は「ぶちの子牛の詩を書く少年」であると共に「生きたまま解体された牛肉を食う生活者」でもあるのであって、
人生は書物のそとで聞くときは
音色が違っている。
（『ジャン・クリストフ』）

からといって、その音色に耳をふさぐわけにはいかないのである。私は、自分の人生に言文一致を求めて、書物のなかの幸福に充足することを戒めようと思った。

土曜日の午後の読書会の憂鬱《ゆううつ》。高い精神という名の退屈と、ヒューマニズムという名の無関心、そして書き言葉による「救済」のそらぞらしさと、その呪術《じゆじゆつ》的効果に酔いしれるスノビズム（俗物根性）。いつのまにか学校教育を受けた期間の長短によって生み出してゆく差別と疎外——そして、一片の青空の真実にも及ばない数千行の『幸福論』と、顔の長い清教徒的なじいさん、ロマン・ロランよ。私は、やっぱり同じ言葉を繰り返す。「書を捨てよ、町へ出よう。書を捨てよ、町へ出よう。書を捨てよ、町へ出よう」

「ロマン・ロランと現代の会」は、正確には片山敏彦氏を代表として昭和二十四年六月に発足した「友の会」が最初である。これは、ロマン・ロランの死後、世界各地に出来た一種のファン・クラブの波に乗るものであり、フランスでは作家ポール・クローデルが会長となり、ドイツではピアニスト、ウイルヘルム・ケンプが会長になって出来たのであった。

わが国の場合も、最初は武者小路実篤氏や田中耕太郎氏らの名を連ねて出発したが、「ただのファン・クラブだったのと、全集の版元である出版社が、全集完結とともに、次第に熱を入れなくなったので衰弱していった」。

当時の『UNITE』という機関誌（一九五五年六月）の後記には山口三夫氏（現在の「ロマン・ロランと現代の会」の世話人の一人）が、「『助け合おう、愛し合おう！』と呼びかけたロランの声は、僕たちの内で永遠の輝きを放ち続けている」と書いている。山口三夫氏は、いまは多摩美術大学の教授であり、全学封鎖した学生たちと向き合わねばならない状況にある。そして、この友の会から「ロマン・ロランと現代の会」につながってゆく系列とはまったく別に「ロマン・ロラン協会」というのがあって、ここでは隔月で『ロマン・ロラン研究』という雑誌を出し続けているのである。（ここでは『魅せられたる魂』という訳を使わず、『魅せられた魂』という訳で統一しているし、みすず版の全集と、はっきり別の立場の訳を用いているが、たとえば表紙裏〈89号〉に「ロマン・ロランの反戦思想は生きている」という巻頭言を載せたりしているところ、偶像崇拝度は大同小異といったところか）

私は、ロマン・ロランを読んで「助け合おう、愛し合おう」とする心の決意が、どのように突き刺さってゆくのか知らないが、現代の会のような、みずみずしい勉強会でさえも深いところでは、文学を政治に利用するのはおろかだが、文学を勉強し、研究するのはもっと無駄《むだ》な、書物上部構造論であるということが、わかっているのだろうか、どうだろうか。M・Mはマリリン・モンローだが、R・Rはロマン・ロランか、ロールス・ロイスか、どっちだろうか？――というほどの、ロラン扱いの客観化がほしいのである。

アルベール・カミュは「泳げない男が川の近くを通ったとき」と書いている。川のなかから「助けてくれ」と叫ぶ声がした。しかし、飛び込んだら自分もおぼれてしまうだろう。人を呼びに行っても間に合わない。かといって、知らぬふりして家へ帰ったら「助けてくれ」という声の幻聴に悩まされるにちがいない。

だから、同時代人はみな、川の近くを通らないことにしている、というのである。

「川の近く」とはいったい、どこをさすのだろうか？

「ロマン・ロランと現代の会」の代表である峯村泰光氏は、自らは市民はがき運動グループを結成し、「反戦のはがき」を売ってベトナムへ医薬品を送っているということである。

にきびの女学生は階段に腰を降ろして、自らの人生にとって「川の近く」とはどこか、考え込んでいる。

そして、ロマン・ロランは書物のなかに「助け合おう、愛し合おう」という言葉を残したまま、いまはもういないのである。

人生は、書物のそとで聞くときは

音色が違っている

戦後

少年は銃砲器店の前で立ちどまる。

曇った硝子戸の中に、銃がずらりと並んでいる。少年は、それが欲しい。

だが少年にはそれを買う資格もなければ、金もないのである。

少年は古本屋で立ち読みした本の一節を思いうかべる。「銃の歴史は火薬の発明と同時にはじまっている。すでに一六六四年には、サー・ロバート・メイヤーという人が、自動式拳銃の原理を実用化するための論文を書いている」一六六四年といえば、今から三〇〇年も前である。そのころは、少年も少年の父親も、そして少年の祖父さえも生まれていなかった。

そんな昔に作られた銃は、いったいどんな風に用いられたのであろうか。


「銃って何を撃つの?」と少年がいった。

「いろいろだよ」と父親がいった。「カモだのイノシシだの、いろいろだよ」少年は階段に腰かけていた。父親はテーブルに腰かけて、一人で食後のウイスキーを飲んでいた。もうすっかり日が沈んで、あたりは暗くなっているのに、まだ電灯をつけていなかった。

「それだけ?」と少年がいった。

「ほんとは、人間を撃つんだろう?」父親は笑った。

「戦争のときは、ね。だが今は誰もそんなことをしたりはしない。ハンターたちが、カモだのイノシシを撃つために使うんだよ」

ふうん。と少年は半信半疑になる。

カモだのイノシシがそんなに沢山いるものだろうか?

「もしも」と少年がいった。

「もしも、弾丸をまちがって人に撃つとどうなるの?」父親は、少しわずらわしくなって来る。ひとりでゆっくり酔いたいところだった。だが聞かれたことには答えてやらねばならない。「大口径のがあたったときには、血管やまわりの組織がこわれてしまうし、首の骨の神経にあたったら、一たまりもない。大ていは出血多量や内臓をやられるからね。死んでしまうだろう」

「死むの?」と少年がいった。

「死ぬんだ」と父親がいい直した。だが、少年は「死ぬ」と発音することが出来なかった。いつも「死む」とか「死まない」とかいって笑われるのである。

少年は死について考えてみたことはなかった。しかし、絶対ということについてなら、ときどき考えてみることがあった。

バットマンやビックX、鉄腕アトムが絶対であるように、銃もまた絶対の存在であるような気がしたのだ。テレビの中で、一人の男がもう一人の男に追いつめられる。ぎりぎりの土壇場で、あわや、というときに追いつめられた方の男がポケットから拳銃をとり出すと、忽ち立場が逆転する。そんな場面を少年は何度もみたことがあった。

「もし拳銃が手に入ったら」と少年は思った。「どんなに素敵だろう」

少年の父親は足がわるかった。母親は少年が学校へ入った年に肝臓癌で死んだ。少年は体が決して丈夫ではなかった。

運動会ではいつも後方を走ったし、喧嘩をして勝ったことがなかった。一度、神というものについて考えてみたことがあった。それは見世物小屋で鎖を切ってみせた怪力男にそっくりの神だった。

少年はことしの夏、線路をこえて、わざわざ神学校まで行ってみた。だが、青い蔦のからんだ礼拝堂の中から出てくる神学生たちは、一人として少年の考えていた神のイメージに近くはなかった。痩せていたり、眼鏡をかけていたり、キェルケゴールやマックス・ピカートの書物を小脇にかかえていたり。

「ぼくは銃を買うんだ」と少年がいった。

「ほんとうかい」と羨ましそうに、そばかすがいった。

「でも、撃ちかたも知らないんだろう?」

「なあに」と少年はいった。「撃ち方なんかすぐ覚えられるさ」

少年は銃砲器店の曇り硝子に映っている自分の顔を見た。その顔にダブル・イメージで一列に銃が陳列されていた。現在、所持禁止の銃を挙げると、フル・オートマチックの銃。六連発以上の自動装塡式銃(二二口径をのぞく)。口径一〇・五五ミリ以上のライフルと番径八番以上の散弾銃。組み替えもしくは分解することによって拳銃になる銃。全長九三・九センチ以下銃身長四八・八センチ以下の銃。少年はドアを押して中へ入った。

中は暖かで剝製の鳥や鹿の頭や見なれない外国の文字がいっぱいだった。

「毎日来てるんだね」と売場のアルバイトの学生が、銃身を拭きながら声をかけた。少年は、だまって肩をすくめて見せた。

「銃が好きかい?」とアルバイト学生がいった。

「ああ好きだよ」と少年がいった。

「好きでもまだ駄目だ」

とアルバイト学生がいった。

「あと十年は駄目だ」あと十年は長すぎると少年は思った。生まれてから、まだやっと十年たったばかりなのだ。

「これはワルサーのスポーティング・ライフル五連発ボルト・アクションだよ。ほら、ここに刻んであるのが、ライフル・グループだ」

とアルバイト学生は少年の手をとって、ぎざぎざしたところへさわらせた。

少年はびっくりして手をひっこめた。何となく、こわい気がした。

「一寸、持ってみるかい？」

とアルバイト学生がいった。

少年はだまっていた。

アルバイト学生は、そのだまっている少年に賞状でも渡すように、銃を手渡した。少年は、その銃を両手でうけとめた。それは、とても冷たくて、しかも重たかった。

「銃は死んでるんだ」と少年は思った。

「だけど、撃つときにはきっとよみがえるだろう」

その銃は、油の匂いがした。少年は前にも一度この匂いを嗅いだことがあるような気がした。それは、母がまだ生きていたころの、櫛の匂いだった。

その夜、少年は夢を見た。

少年は銃を持って、冬草のしげみから、空をとぶ一羽の鳥をめがけて撃つところだった。

少年は、銃の重さを肩に感じながら、引金をひいた。平手打でもくらったように、銃身が横頬にぶつかった。

しかし。弾丸は見事に命中して、空に鳥の羽毛が砕散した。

「あたった！」と少年は夢のなかで叫んだ。

だが弾丸が命中しても、鳥は落ちてこずに、すこしかたむいていただけで、ゆっくりととびつづけてゆくのだ。

つづけざまに少年は二発目、三発目を撃った。

どの弾丸も鳥に命中し、そのたびに羽毛が空にとび散った。

しかし、鳥はやっぱり、落ちずにとびつづけていた。

少年はしだいに手がかじかんできた。そして、頰はすりむけて肩の骨は外れそうに痛かった。それでも少年は撃ちつづけた。

だが、鳥は落ちては来なかった。

少年は涙ぐんだ。銃をもっても、つき破れない強固なもう一つの世界があることが、無性にかなしかった。少年の頭上に、どんよりとした人生以前の日の太陽がふりそそぎ、少年のスポーティング・ライフル五連発ボルト・アクションは、ただ、鳥のとび去ったあとの空を撃ちつづけるしかないのだった。アメリカではライフル少年の犯罪が新聞記事を賑わしている。少年が、ある日突然に自分の幸福な両親に、銃口を向ける恐怖は、そのままアメリカのベトナム政策への批判だという解説もある。

だが、銃のつめたく重い存在感は一切の比喩をこばむだろう。

あと十年！　と少年は考えている。
階段に腰かけて、頬杖をついて、昨夜の夢の終ったところから、今日を生きつづけなければいけないのである。

「ああ、早く大人になりたいな」と少年はつぶやく。
そのつぶやきを背中で聞きながら、父親はまた一人でウイスキーを飲んでいる。
「銃を持てない社会はつまらないが、銃を必要とする社会はもっとつまらない」
酔いがまわってくると、二十年前の足の古傷がまた痛みだす。
父親は、終った戦争についてぼんやりと考える。
「おれの足を駄目にしたのもたかが一本の銃だった。
そして、いまおれの息子が欲しがっているのもたかが一本の銃なのだ」と。

旅　路

「俺に手紙をくれようたって、
それは無理だよ。
俺の住所は、道路だからな」

長距離トラックの運転手たちの集まってくる食堂は、さながら底辺のグランド・ホテルといった印象である。

そこには様々の人生模様が、一杯のドンブリ飯を食う時間の長さ分だけ繰りひろげられるのである。

食堂の壁には、ホルモン定食、スタミナ定食、モツ煮定食、それに「強力滋養」のいか天ぷら定食、トンテキなどなどのメニューがべたべたと貼ってある。台所の大きな釜からは地獄の湯気がもうもうと立ちこめていて、いま殺されたばかりの鶏の足や、豚の爪がバケツ一杯つめこまれている。食堂の中は、真夜中でも汗の匂いのいりまじった暑い空気にみちみちているが、一歩外へ出るとそこはもう無人のハイウエイで、あたりにはまったく人家がなく、ただ暗闇をついて長距離トラックが通りすぎてゆくばかりだ。

「おばさん、あの運ちゃん、毎晩同じ曲ばっかりリクエストしてるね」

とドンブリ飯をはこぶ女の子がレジのおばさんを見ながら小声でささやく。見ると、中古のジューク・ボックスの前に少し背中を丸くした年の頃四十二、三のサバを運搬するトラックの運ちゃんが、まわっているレコードを、思いつめたように見ている。

逃げた女房は未練はなァーいが　お乳ほしがるこの子がかわいーい

子守唄などにがてな俺だが　馬鹿な男の……浪花節……

「あの運ちゃん、女房に逃げられたんだって」とおばさんが言う。

「何しろ、長距離トラックの運転手なんてのは、多くても週一回しか家に帰れないんだもんね、女房がアイソつかすのも無理ない話さ」

その自慢のモツ煮定食の中味は、大根とにんじんと、得体の知れぬ臓物である。ミソで煮て刻んだネギがパラパラとかかっているのもあるが、量の多くないものはよく売れない。

「女房に逃げられちまって、それからコースを変えてね。沼津＝東京間だったのを大阪＝花巻間まで延長させたんだって、少しでも遠くまで行く方が、ほれ、女房に出会うチャンスも多かろうって訳ですよ」

モツ煮のネギが少しくさい。噛んでいると歯の奥から冬の土の匂いがしてくる。それは子供の頃すごした故郷の裏畑の匂いだ。レコードは洟のつまったような声で、感傷的な文句を喉の奥から吐き捨てている。

どこか似ている　めしたき女　抱いてくれるか不憫なこの子

「ああ、おっちゃん、もう出るぜ」と若い運ちゃんがシャツの上からネンネコをひっかけてヨージで口の中をかきまわしながら、ジューク・ボックスの中年の運ちゃんの肩を叩く。

「おれ少し寝てくからな。横浜で起こしてくれよ」

「ほれほれ、あの人は二時さんっていうんですよ」とレジのおばさんが両替用の銅貨の包みをほどきながら教えてくれる。「名前は知らないけど、あの人が入って来ると必ず二時なんですよ。まるで時計みたいに正確なの」

そう言われた男は、フリッパーにガチャン、と銅貨を投げこんだところだ。もう一人の鶏のエサ運搬会社のトラックの運ちゃんが

「昨日は大分いかれたからな」

と言いながら、フリッパーをにらむ。メイド・イン・ニューヨーク。ビキニスタイルの女がかいてあるフリッパーの中には無数の「迷路」があって、彼らはそのあいだを白いタマをころがして、一ゲーム百円ずつ賭けあうのだ。お互いに名前も知らない同士だが、いつも「同じ釜のメシ」を食って、ここで一勝負しては南と北のそれぞれのコースをめざして、またはるかなトラックの旅人になるという訳だ。はじかれたタマがフリッパーの中をころがり、それが穴に落ちそうになるのを、左右の人差指でボタンを押してくいとめる。だが、タマはやがてまた落ちそうになる。それをくいとめようとするのは指だけの意志ではない。そこには、一番下まで落ちそうになるタマと、それをくいとめようとする彼の醒めた判断のたたかいが、まるで「幸福論」の比喩のようにぶっつかりあう。たった百円の幸福論。だが、落ちてしまったタマはもう二度とフリッパーの中で甦えることはできない。さあ、「おまえの番だ」と鶏のエサが言う。

二時は、自分のラッキーを賭ける白い玉を親指の先で力一杯はじきかえす。

「イルカですよ」と言うのは金歯の光る男だった。

「イルカを運ぶんです」「そんなもの運んでどうするんだい？」

「食うのさ」「イルカを食うんだと？」

私は半信半疑で、その運転手の顔を見る。二杯目のカツ丼がもう空っぽだ。

「イルカを食うなんて、おれは知らなかったね」

すると金歯は笑って言った。

「ハラワタなんて美味いもんですよ」

そして、「それに、イルカの刺身ってのはこたえられないね。

これを食わせると、カアちゃん、マイッタ、マイッタって言うよ」

ふうん。と私は感心して、この金歯の男にも、やはり待っている妻子がいるのだな、と思う。だが、こんなさむい冬の海にもイルカなんているのだろうか？　と思う。いつのまにか金歯の男を待っているアパートの妻子と冬の海のイルカとがダブル・イメージになってその男の煙草のけむりのなかでいりまじる。イルカいるか。いないか、いるか。妻子はイルカ。イルカはいるか。何だか、ひどくやるせない気分だが、それも午前二時という時間のせいだろうか？

いい年した男が、そろいもそろって指輪をしているとは恐れ入ったね。と私が豚汁をすすりながら（いささか酔って）ひやかす。

恐れ入りましたよ。指輪とはね。

するとなかの一人の土管運びの運ちゃんが、これは指輪じゃありませんよ、と言って指から外してみせてくれる。

「指輪じゃなかったら何だね？」「ハンコですよ」

「ハンコ？」と私はそれを取り上げてみる。

なるほど、ハンコである。

「俺たちゃ、いつどこで事故を起こすかわからんものね

つかまったとき、すぐに赤い紙にハンコをおされるが、ハンコがないとまずいんですよ。それで失くさないように、こうやって指につけておいてるんです。一生これを使わないで済みゃ、いいんだがねえ……」

そういう顔色は大分くたびれている。くたびれているが、しかし威勢だけはいい。

「おれの兄貴は人身で三人死なせて、足を洗っていまは勤め人をやっているが、それでも夜中の二時頃になって、遠くを走る砂利トラの音をきくと、ガバッと目がさめるそうだよ。交代かと思うらしいね。交代のときは、眠くてとてもつらい」

だから、コーヒーがよく売れるのである。どんな「強力滋養」スタミナ食よりもコーヒー

がよく出るのは、彼らの仕事がただ「眠さとの闘い」だからに他ならない。それでも、「体がバテるわりには金は貯まらないね。入っても名古屋で競艇でもやって、スッちまうことの方が多いし、たまに穴でもあてると女に貢っちまうからね。女は、金のあるときはやさしくしてくれるもんだよ」

暁の高速道路をとばしてゆく長距離トラックには、どこかしら悲壮なものがある。それは、同じ時代に生きながら、何一つ自分の青年時代に賭けるべきものを持たなかった者たちの、いささかヤケッパチのロードレースなのである。のぼる陽を背にして北へ北へと走ってゆく、サバを積んだトラックの運転台の上で、他の人たちのささやかな小市民生活を羨やみながら

どうせ俺らは

さすらいの

と口笛を吹いて遠ざかってゆく彼らの事故には、ただの運転上のミスとか、過重労働によるつかれだけではないもっと本質的な何かがある。

それはこの不当な時代への怨恨のようでもあるといっていいだろう。

「なあに、同じ道にあきたらまた他の会社へ行くよ。

日本国中はしってみたいからね。そのうち、どっかで止ってその町で一生暮らすことになるかもしれないけど、今はただ走るってことが俺の生活だからね」

大学闘争

私が生まれて初めてはいった東京大学は、廃虚であった。催涙ガスの充満している荒れ果てた法学部研究室、「解放区」となぐり書きされた夕暮れの教授室は、散乱している書物とガラスの破片、バリケードになったイス、突き破られた木のドアが、歴史的瞬間を記録していた。機動隊が、学生たちの最後の砦《とりで》になっている安田講堂に向かい、ときおりガス銃を発射する音がこだましてくるほかは、静かだった。

私は、法学部の無人の廃虚に一人ぼんやりと腰を降ろして、奇妙な安らぎを覚えていた。「どういうわけか、廃虚にいると心が安らんでくるのだ」と、私は自分に弁明した。少年時代、私は廃虚で育ったのだ。物心ついたばかりの私に、青い麦の故郷の代わりに、瓦礫《がれき》と廃虚とを準備してくれたのは父母の世代であり、教授の世代であった（だからといって、私は常に「出来上がった社会」の上に、廃虚をイメージしているというわけではない。故郷へ帰りたいと思うこと自体、旧世代の感傷に属するものだからである。ただ、学生たちの異常なまでの廃虚願望と、彼らの胎内体験とは決して無縁のものではないということだけは、教授の世代、父母の世代も、きびしく思い知っておく必要はあるだろう)。

「やつらは狂人ですよ」

と夕闇《ゆうやみ》のなかで、一人の教授がつぶやいていた。

「暴徒なんかじゃなくて、狂人なのだ」

「解放区」という壁の文字と、それにまつわる叙情的な幻影を、ぞうきんでふき消していた大学職員。その声を聞きながら、私は少年時代に読んだマルローの小説の一節を思い出していた。

「人間はだれでも狂人だが、人の運命というのは、この狂人と宇宙とを結びつけようとする努力の生活でなかったら、なんの価値があるだろう」

というのである。こう書いて、自ら革命運動に身を投じ、行動家とテロリストのあいだで「知識人」の役割を果たそうとしたマルローも、長じて名を成してからは、フランスのドゴール体制にくみして、六八年の「五月革命」では学生鎮圧の側に回った。行為はすべて思い出に変わり、残るのは言葉だけになってしまった。

そして、廃虚のように見えた東京大学も(廃虚であるからこそ、気軽にはいることの出来た東京大学も)再び鬼の赤門によって局外者の立ち入り禁止区域となり、私と無縁のものになってしまうかもしれない。しかし、東京大学について徹底的に検討するならば、それは、いましかないのである。法学部の暗闇のなかで、瓦礫に懐中電灯を照らして読んだ落書きの一つに「人類が最後に罹《かか》るのは、希望という病気である」というのがあったが、それならばいまこそ、この病気の本体を突き止めるべき、クライシス・モメントではないか。

今度の東京大学闘争のなかで、七項目要求といったことを問題にするのは、たいしたことではない。少なくとも、その要求の内容とジューク・ボックスに十円玉を投げ込んでビートルズの『レボリューション』を聞いているハイティーンとは無縁である。ソープランドでむされているオー・マイ・パパとも、ヤクザ映画のスチールをとっているカメラマンとも無縁である。「医学部の粒良君の処分」と、世界フェザー級チャンピオンの西条正三とはまったく無縁だし、三平食堂のあけみちゃんとも、まるで無縁なのだ。

そして、機動隊と血の激突を迫られている大学問題の本質が、大部分の大衆と無縁のところで生まれ、戦われてきているというところに、実は問題のより深い病巣がひそんでいるのではないか。

今日、街《まち》のなかにありながら、コンクリートの塀《へい》によって市民生活と隔離されている公共的な建物というのは、刑務所と大学ぐらいのものである。そこでなにが起こるか、なにが語られているかは、市民たちには「解放」されない。したがって、なかでのストライキや封鎖も、また「彼らだけの問題」として、閉じられてしまっていたのである。

私の友人にも、安田砦の攻防に「劇的関心」をいだいているのがいて、酔うと　節太郎の『浪曲子守唄』声色で、

〽逃げた代々木にゃ未練はないが
革命ほしがる三派がかわいい
インターなど苦手なオレだが
バカな男のシュプレヒコール
一つ聞かそか
「東大解体」！

などと歌っていたものだ。しかし、その彼にしたところで、「東大解体」に手を貸したりすることは出来ず、せいぜいがテレビの画面に写っている社学同や中核の旗に、ヤジウマ的な応援を送るだけなのであった。「東京大学は、解体すべきである」という多くの意見の背後には、学制のあり方の問題のほかに市民の復讐心《ふくしゅうしん》がひそんでいる、ということを見のがすことはできない。それは官僚養成大学として、頭脳に階級を与える大学として、支配階級を作ってきた大学としての東京大学への「私怨《しえん》」のエネルギーである。

くたばれ東大！　と言い続け、火炎ビンで燃えあがる「学問の殿堂」に拍手を送っていた山谷の旅館街の住民たち、船乗りたちの集まる酒場、そして二流大学しか出られなかった安サラリーマンと、そのマイホームの一家。

「東大が、東大自身の力で内側からくずれ落ちてゆく」というのを、歴史的な必然だと見てしまえば事は簡単である。しかし、こうして東京大学闘争を、市民たちの「腹いせ」や「劇的関心」の対象にだけとどめておくのでは、問題の解決をみることはできないだろう。東京大学のない日本は不幸だが、東京大学を必要とする日本は、もっと不幸なのだということを、問い詰めてゆく姿勢が要求されているのである。

東京大学の歴史は、そのまま日本の近代の大学の歴史である。それまでの国学中心、皇学中心、復古主義思想に対して、啓蒙《けいもう》主義の大学として明治十年に「東京大学」が成立したのである。一口にいってしまえば、東京大学の役割は、近代化を急ぐ日本が総力をあげて作った「指導者養成の機関」であり、知識人を作るというよりは、近代国家を作るためのカンフル剤的な即効性を要求されたものであった。

このことは、大正七年に「大学令」が発せられて、「大学はもはや一部の国民上層部の機関ではなく、広い国民層へ拡大されるべきである」とされたあとでも変わっていない。第一次世界大戦後、わが国の近代産業が急速に発達したあとで、高等教育の需要はますます強まってゆき、企業の要求によって私立大学が拡張されていった。しかし、その時にも、東京大学だけは「官僚と指導者養成機関」としての姿勢をくずさずにきたのであり、それは戦後の大学の大衆化、「駅弁大学」ブームを経ても、なお変わっていない。ノンポリの東大生たちが、

「なんだかんだいっても、入試も卒業もさせてくれますよ。僕らなしで困るのは政府なんだから」

とうそぶいていられるのも、こうした「国家のための大学」としての東大の性格を強く物語っている、ということができるだろう。しかし、近代化も百年を経過し、啓蒙も必要なくなったいまとなっては、こうした東京大学の性格自体が無意味になってしまっている、ということを問題にする必要がある。

「家庭」から「国家」への保護過剰の東大生、役に立つ頭脳と弱々しい肉体を持った東大生といった印象と戦うために、東大生は体制と戦うだけではなく、自分自身とも戦わねばならぬ、という試練にさらされたのである。

とめてくれるな、おっかさん
背中の銀杏《いちょう》が泣いている
男東大どこへ行く

——と書くときの「とめてくれるな、おっかさん」というのは、同年齢で戦場に散った第二次世界大戦の兵隊たちの、

腰の軍刀にすがりつき
連れて行きゃんせ、どこまでも
連れて行くのはよいけれど

女乗せない戦闘機

という歌と比べてみると、興味深いものがある。「連れて行きゃんせ、どこまでも」といってくれるのが、女でなくておっかさんであることが、東大生たちに「母子関係からの解放区を作っただけだ」といわれ「エロス的なビジョンを欠いた革命活動だ」と指弾される大きな原因になっているのである。

封鎖を解かれた安田講堂に、二つも三つもあった「男東大」とか「これで東大生も男になれた」という落書きの背後にひそむ「男になりたい」という彼らの願望は、東大闘争のラジカリズムを、マルクス主義＝アナキズムの縦軸からではなく、横軸からとらえるときの大きなポイントになるかもしれない。それは「東大の前の敷き石がはがされて、やっと一流大学になれた」という東大生の述懐であり、

田村 東大へ行ったら「医学部の三階へ行っても階段にバリケードがあって通れないから、エレベーターで行ってくれ」といわれた。階段にどんなバリケードがあるのかと思ったら、要するに机がおいてあるだけ。(笑)

今井 安田講堂のバリケードは、日大の学友に来てもらって、その指導で作りなおした。だから以前とはイメージが変わったよ。

秋田 日大生は既存の価値に対する幻想はぜんぜんない。つい最近芸術学部を襲撃した右翼は、日本刀をふりまわしたし、ライフル銃まで用意していた。人の生命なんか何とも思

っていない。

（『中央公論』昭和四十四年一月号　田村、秋田は日大共闘会議、今井は東大共闘会議）

といった日大生の「男日大」とはいわない男っぽさとの対比で、考えられないことともないのである。そして、こうした保護過剰児たちを、ベルト・コンベヤーにのせることで形成されてきた「偉大な小人物」指導者たちによって、日本の近代化と、その誤てる戦争が引き起こされてきたことを考えると、この「男になりたい」という願望、過剰保護からの自立手段としての反帝、反スターリン思想も、彼らの「内なる革命」としては、わからぬでもないのである。

法学部の教授室の荒らされ方は、各教授によってまちまちであり、その壁やドアに落書きされた文句には、学生たちの批評性がにじんでいて、なかなか特色があった。

平野龍一教授の壁は「日共御用学者　スターリン主義者の典型的インチキゲンチャ」と書かれてあったし、辻清明教授は「安全地帯のこちら側から横目でものをいう中間主義で、文句たらたらの御用学者」、坂本義和教授は「朝日ジャーナルでめしを食う坂本義和」となっていた。

丸山眞男教授は、

あんさんには

えんもうらみもおまへんが

渡世のギリというやつで

とあって、ドアをあけてみると、内部はメチャメチャに荒らされていた。

ひどかったのは加藤学長代行の室で、ドアの前に孔子の像が電線で首つりされており、一面に血の色のインクの飛沫《ひまつ》、そして「エネルギッシュに事を処する加藤さん、エネルギッシュにつぶさせてもらいます」「ギ兄弟　日大古田―東大加藤」と書き荒らされ、見るも無残に破壊されていた。

教授たちが、こうした「教育の報酬」をどのように受け取るかは、私には関心のないところである。ただ、こんどの闘争の根底には、東大教授の権威主義と封建性が、大きく横たわっていることを見のがすことはできない。「政府権力と東大の癒合《ゆごう》によってもたらされた権威主義」が「教授、講師、助手というヒエラルキーになって、すべての権力を教授一人に集中させ、学問という名の徒弟制度を固定させた」（青地晨）ため、いつのまにか裸の王様になってしまい、学生たちに闘争を通して「王様は裸だ！」「王様は裸だ！」と叫ばせる結果になってしまったのだ。

私は、大学へはいるまでは、さまざまの幻想をいだいていた。それは義務教育できわめてブッキッシュに存在していたものが、大学では外的に検証できるに違いない、という期待である。

しかし入学してみたら、大学とは「他人の話を聞く」ところにすぎなかった。壇上の教授が自分の著書を低い声で読んでいる。私たちは、それを聞きながらウトウトしたり、聞かずにスポーツ新聞を広げたり、時には途中で抜け出してハンフリー・ボガートが人を七、八人撃ち殺す映画を見に行ったりする。こんな授業ならば、入学試験なんかせずに、聞きたい人をたくさん入れて、少しでも大学を拡張してゆくのが、高等教育の啓蒙にも役立つのに、と思ったものだ。

教授は、言文一致していないため、たいていの場合、書くより少し下手にしゃべる。講座制は、教室を一望の荒野にするだけであって、学問から最も大切な「好奇心」を奪ってしまう。好奇心が想像力の父であることを忘れた教育は、不毛である。

「こんなんじゃなかったな」

と私は思う。私の上京してからの最大の学問的感激は、東京一周の「はとバス」であった。はとバスもまた、ガイドによる講座制には違いないが、自分たちが啓蒙されつつある現実のなかを走り抜けてゆく、という快感があった。ガイドとの記念撮影、一緒に歌う東京音頭、そして肉眼で確かめた世界と、説明されつつある世界との二重性をあばいてゆける手ごたえ。十八歳の私は、東京に慣れるまで、どれだけたびたび、はとバスに乗ったことだろう。

同じ年に私は、三越デパートの食堂で焼きソバを注文した。すると、カリントウのようにパリパリとしたソバが持ってこられた。私はびっくりして（東北なまりがひどかったので、ウエートレスになめられたのかと思って）「焼きソバを注文したのだ、いためて持ってきてもらいたい」

といった。するとウエートレスも憤然として、

「これは焼きソバです。いためてあります」

といった。私は焼きソバにカタイのとヤワラカイのと二種類あることを、学校教育によっては知ることができなかったのである。ギョウザとか、カタヤキソバとかいった食べ物から、帝国ホテルのグリルメニューにいたる、さまざまの食べ物について、なに一つ知らずに塩ジャケを常食し、物理学と因数分解と西洋史年表の暗記にたけた高校生の私が、日本人としてどのくらいの生活水準にあり、将来なにを選択すべきなのか無知でいられるということは、無論カリキュラムだけの問題ではないだろう。

しかし、カリキュラムの選択と検討は、いまのところ実用には無論、学問の本質にも深く重錘《じゅうすい》しているとは思えない。それは「書物をしゃべらせる」という、きわめて便宜的なメディアの域を出ていないからである。「学問の自由」というが、アメリカで学生たちが自主的に運営し始めた「自由大学」ほどではないにしても、せめて好奇心と手を取り合ってゆけるようなカリキュラムを組むぐらいの改革は、とっくに——少なくとも十年ぐらい前から、なされていてもよかったものでもある。

私が大学を一年で中退したのは、もう十数年前だが、つい十日前に、母校で授業を傍聴していて、びっくりした。教授は十年前と同じ授業を、同じデテールで話してゆき、同じ冗談をいったのだ。同じ冗談！

私たちが受験勉強をしていたころの『螢雪時代』のユーモア欄に、

「日本中の大学を、ぜんぶ東大とすればいいのにな。

悩める受験生」

というのがあった。

そうすれば、受験苦がなくなり、親の耐えがたい期待も就職難もなくなる、というオチである。だれもが東大へはいりたいと思っているらしい、その投稿者の心情をふくめて、なんとなく高校生らしいユーモアであったが、同じ冗談がいまでは、

「日本中の大学を、ぜんぶ東大とすればいいのにな。

反日共系全学連」

と書き換えられようとしている。そして東大問題は、東大問題を越えて「大学問題」全般にわたり、大学問題は七〇年安保に向かって時速百キロで走りだした。しかし、走り出した革命運動にも取り残されて、「男東大」の夢からもさめ、ストライキを解いた大部分の東大生たちが、卒業して「日本を作る」のだとしたら、いままさに問題なのは、彼らが「どこへ行く」かにかかっている、ということである。「日本を作ってゆかねばならない東

大生たちが……」という言い分がナンセンスであることは、東大などに行ったこともない流しの歌手や、騎手や市会議員や、革命家や野球選手もまた「日本を作っている」ということで明らかである。

しかし、七項目要求をめぐる闘争に、警察やジャーナリストや市民が、洪水のようにドッと介在したいまとなっては、もはや闘争の現象面を越えて「東京大学とはなにか？」という本質的な問いかけが始まっている。東京大学出でもプロ野球選手になれるという例は、新治投手が開いた。ファンは、高校出が東大出を乱打する復讐劇を見るために球場に出かけてゆく、というほど大ゲサにではなく、ごく普通に新治を見たからである。だが、東大出でもバーテンになれるか？　東大出でも港湾労務者になれるか？　東大出でもソープ嬢や騎手や、ダフ屋になれるか？

解説

目のさめるような高音だ。高音域の解像力とピシリときまる像の明瞭さでは寺山修司は当代一の執筆者ではないかと思う。

たとえばセミである。彼は一九四五年八月十五日のセミをこう書いている。

「玉音放送がラジオから流れでたときには、焼跡に立っていた。つかまえたばかりの唖蟬を、汗ばんだ手でぎゅっとにぎりしめていたが、苦しそうにあえぐ蟬の息づかいが、私の心臓にまでずきずきと、ひびいてきた。あとになってから、

『あのとき、蟬をにぎりしめていたのは、右手だったろうか？　それとも左手だったろうか？』と、考えてみたこともあったが、それはいかにも曖昧なのだ」

ここでの三つの高音振動体の力学的配置は絶妙である。ジジジ……という音がハモッている。対比的に別の著者の文章を引用してみよう。

「一九四五年（昭和二〇）八月十五日、歴史の転回を告げる金属質の玉音が、あおあおと晴れあがった真昼の空を流れていった。歴史の歯車がカタリと音をたててまわった。この瞬間から、わたしたちの祖国は、かつてない混乱と激動の季節をむかえた」（三好行雄

「戦後文学の輪郭」、誠信書房『戦後作家研究』）

対比的に引用するということは、寺山修司や私は、こうした文章を目にすると、たがいに目くばせしあいながら、チェッ、ラプソディックに吹きやがってさ、大日本帝国軍隊隠匿物資のブリキの飯盒を闇市で蹴とばしただけのくせに、歴史の歯車がカタリとまわったなんて錯覚されてはかなわんわ、行こうや……、ということになるだろう。そして、寺山修司は内心、笑うにちがいない。八月十五日、九歳のおれの手の中の、鳴かないセミの方が、史的暗喩がいっそう正確だ、いまに表現してやるから見ていろよ、と。

私は実際には聴いていないのだが、「朕深ク世界ノ大勢ト帝国ノ現状トニ鑑ミ非常ノ措置ヲ以テ時局ヲ収拾セムト欲シ茲ニ忠良ナル爾臣民ニ告ク」ではじまる玉音放送はツイターのような音で鳴り、ラジオの雑音も高音であり、セミも高域で身をふるわせている。

さて、このセミが焼いて食われるのである。寺山少年は兵舎のなかで醬油のこげるいい匂いをかいだ。兵の去った大兵舎には、手淫常習癖の宗馬鹿と、他に寝ぐらのないワシ伍長が住んでいた。ワシ伍長が言う。

――そう。メスの方が食えるんだ。焼きたてに醬油をぶっかけるとジュジュと音がして、とてもいい匂いがする。栄養満点だぞ。

そして寺山修司はセミの味をこう記している。「癖のない薄焼き煎餅のような香ばしいものであった。ただ、翅が嚙みくだかれるときのカサカサいう音は、まるで戦後のみじかく果しなかった旅路を札でかぞえるような味気ない気がした」

寺山さん、これはドキュメントなのか？　うますぎる。セミの翅の細部までが微細にうつされすぎている。

唖蟬―メスのセミ（セミはメスは鳴かない）―食えるセミ―かさかさいう翅の舌触り、このイメージは、翅の透き通ったセミの一種類であって、すくなくとも茶褐色の翅のアブラゼミではない。私はアブラゼミを食べたことがある。はなはだまずい。皮が厚く、内臓がドロリとしていて、二匹と食えなかった。言語学者西江雅之の話によると、蜂は美味いそうだが、蠅は皮が厚くてまずいそうで、これもなんとなく想像できる。ねがわくば、八月十五日、寺山修司の手の中で身をふるわせ、カマボコ兵舎で醬油焼きにされたものが、小型のツクツクボーシであってほしい。

しかし彼は、手の中のセミが鳴かないメスであったこと、にぎった手が右手であったか左手であったかに、かくまでにこまやかな記憶の触手をのばしながらも、セミの種類については言わないでいる。アブラゼミは暑苦しく、散文的にすぎる。彼の、高域の鮮明さにむかう発想はアブラゼミのにごりを捨てる。一方、本書を執筆していた三十二歳の寺山修司は、そのセミを、翅のすきとおった鳴かないセミとすれば、詩的にすぎるというよりも

――私は彼の心を邪推するのだが――ふむ、八月十五日、ハイヌーンのヒグラシとなれば、おれは日本浪曼派の一変種とみなされるかも知れんて、ハテ、ここは一番、寺山修司の翅

いわく。「科学的にとりあつかわれたものが自然であるのに反して、作詩されたものこそ歴史である」

一書の解説らしくなく、私は細部にこだわっているが、寺山修司のこの部分の高音は大切だと思う。私はデテールの鮮明度があがればあがるほど、ドラマツルギーがきわだつ寺山修司の作風に驚嘆してきた。たとえば、青森にやってきた進駐軍のまきちらすチョコレートを、少年が拾ってかじるシーンのリアリティは、「紙ごとかじる」ことにある。短歌で鍛えられた表現力が、「歴史的記述」に血の気をかよわせているな、と思う。逆立ちしても自分にはああいうふうにはやれないとあきらめている。その一方で、彼が左手をつかって低音域へ降りて行こうとする猫手チョップのような指運びもわかるような気がする。左手で、肉体へ、病気へ、競馬へ、朝鮮人へ、雑居房へ、そして自分の育ちの悪さのなかへとズーンと降りたいのだ。その構図は、彼の八月十五日のセミに関する自己韜晦に用意されているのである。彼は「汗ばんだ手で」セミをギュっとにぎりしめていた自分を語る。玉音放送よりもセミのもがきの方が実在だよといいながら、少年の手が汗ばんだのはなぜか。八・一五という磁場をすっかり無視してしまわぬほうがよろしいという「情況判断」と二・二六事件の報道と、「誰でせう?」という水の江滝子のショーの案内とが一緒になった新聞紙に自分の臍の緒がつつまれていたという呪術的なドラマツルギーの延長に、八月十五日という斜線が一本横切った方がいいという判断とが、このシーンの自己韜晦の根拠にあるように見える。しかも、それは淡くなければならない。地獄は、出征の夜の父母の情交と、お寺の地獄絵と、空襲の三つに、極彩色でいろどられているのだから。ははあ、彼は自叙伝のふりをして「マルドロールの歌」を歌ったのだなと思う。

私は彼の伝記を調べて、この人物がよく警察と悶着をおこしていることを知った。寺山修司論を書かせていちばんおもしろいのは、訊問に立会った警察官ではないだろうか。その調書には「やっかいな男」と書きこまれるだろう。彼のコロコロとよく鳴る自己韜晦と警察的リアリズムの争いというのは、きっと天井桟敷の芝居よりもおもしろいだろうな。おやじが警察官の場合、息子は警官いじめに快楽をおぼえるものである。シュペングラーが何といおうがこれは真理だ。

私は彼に何度か会いながら、兄事する機会はなかった。たしかに一九六四年のこと、森秀人と一緒に会い、ミュージカルをつくろうと計画したことがある。寺山修司が数霊の信者であるように、私にも妙な因縁があって、頭文字がMではじまる人物と、Tではじまる人物とが交互に拒絶反応をおこす一時期十年があった。Mの時代、Tの時代が交互にやってきた。森のMと寺山のTとは、その当時の私のなかでは食あたりをおこす鉄則のもとにおかれていたと勝手に判断しているが、いま、本書の最初の何章かの情感を理解できたと思ったところで、露骨に言おう、この人からもっとカッパラッテおけばよかったと思っている。それを私なりに言えば、リキッドな心理をソリッドな比喩にかためる能力を、ということになる。

「私は自分が生まれたときのことを記憶していると言いきる自信はない」と彼は言っている。しかし、おそるべき記憶術であり、父親が鉄路に吐いた反吐が、汽車の車輪に敷き延ばされて、遠くへ、遠くへ運ばれていくといったイメージの直線運動と円運動とをあやつって、自分の情感が歴史を構成しているという自負が、私に、おれもそういうやりかたの一つでも習熟できたらいいのにとおもわせる。私は疎開先の小田原で、進駐軍が町娘を犯している光景をみた。海辺の松の木の根本で、ワンワン・スタイルでやっていたと信じている。しかし、じっさいには、ワンワン・スタイルで姦《や》っていたのかどうかは、後の「イデオロギー的な」判断でくもらされているのである。ワンワン・スタイルの方が、国敗れた女たちは異国の男に便器のように使用される、というテーゼがみちびきだされやすいために、私はそうだと思いこんでいるのかも知れない。そしてそれ以上、記憶が鮮明にならないのだ。寺山修司の歌人としての訓練は、知覚の秘術だったのだ。

ただし、この方法は、自分の無意識を食いつくしてしまうように見える。低音がでない。高音のあまりの鮮明さに比して、彼の低音の欠如は「義」の欠如であるように私には見える。「義」の欠如とは、彼に義心がないという人格的な批評では全然ないので、一言、誤解なきように——。それは、あまりにもすべての「出会い」が等価である、ということなのだ。自殺した彼の級友、母、彼にセミの醤油焼きを食わせ、米軍進駐前夜、菜の花の下から掘りだした機関銃を叩いて大笑し、米軍進駐と同時に姿を消してしまったワシ伍長、戦前・戦中・戦後を通じて空罐に爪をたくわえつづけた虫松という映写技師、拳闘クラブで知りあった朝鮮人の少年などに、寺山修司は等距離に偏執し、等距離に過ぎ去ってゆく。『幸福論』で彼が述べる「出会い」にはすでに秘密結社への入会の色彩――本書で彼は青森の俳句結社に入社する時の共犯感覚を述べている――がない。もっとモダーンなものになっている。彼は「義」に殉じることのできない時代の条件で自分を鍛えてきたのだ。寺山修司は、民主主義者である。

平岡正明

本書中には、今日の人権擁護の見地に照らして、不当・不適切と思われる語句や表現がありますが、作品発表時の時代的背景を考え合わせ、また著者が故人であることも考慮し、著作権継承者の了解を得た上で、一部を編集部の責任において改めるにとどめました。

誰《だれ》か故郷《こきょう》を想《おも》はざる

寺山修司《てらやましゅうじ》

昭和48年 5月30日　初版発行
平成17年 3月25日　改版初版発行
令和7年 10月10日　改版15版発行

発行者●山下直久

発行●株式会社KADOKAWA
〒102-8177　東京都千代田区富士見2-13-3
電話　0570-002-301（ナビダイヤル）

角川文庫 13732

印刷所●株式会社KADOKAWA
製本所●株式会社KADOKAWA

表紙画●和田三造

●お問い合わせ
https://www.kadokawa.co.jp/（「お問い合わせ」へお進みください）
※内容によっては、お答えできない場合があります。
※サポートは日本国内のみとさせていただきます。
※Japanese text only

ISBN978-4-04-131529-3　C0195

角川文庫発刊に際して

角川源義

第二次世界大戦の敗北は、軍事力の敗北であった以上に、私たちの若い文化力の敗退であった。私たちの文化が戦争に対して如何に無力であり、単なるあだ花に過ぎなかったかを、私たちは身を以て体験し痛感した。西洋近代文化の摂取にとって、明治以後八十年の歳月は決して短かすぎたとは言えない。にもかかわらず、近代文化の伝統を確立し、自由な批判と柔軟な良識に富む文化層として自らを形成することに私たちは失敗して来た。そしてこれは、各層への文化の普及滲透を任務とする出版人の責任でもあった。

一九四五年以来、私たちは再び振出しに戻り、第一歩から踏み出すことを余儀なくされた。これは大きな不幸ではあるが、反面、これまでの混沌・未熟・歪曲の中にあった我が国の文化に秩序と確たる基礎を齎らすためには絶好の機会でもある。角川書店は、このような祖国の文化的危機にあたり、微力をも顧みず再建の礎石たるべき抱負と決意とをもって出発したが、ここに創立以来の念願を果すべく角川文庫を発刊する。これまで刊行されたあらゆる全集叢書文庫類の長所と短所とを検討し、古今東西の不朽の典籍を、良心的編集のもとに、廉価に、そして書架にふさわしい美本として、多くのひとびとに提供しようとする。しかし私たちは徒らに百科全書的な知識のジレッタントを作ることを目的とせず、あくまで祖国の文化に秩序と再建への道を示し、この文庫を角川書店の栄ある事業として、今後永久に継続発展せしめ、学芸と教養との殿堂として大成せんことを期したい。多くの読書子の愛情ある忠言と支持とによって、この希望と抱負とを完遂せしめられんことを願う。

一九四九年五月三日